내 이름 아시죠

내 이름 아시죠

1판 1쇄 발행 2023년 9월 10일

지은이 박옥희
사 진 박옥희
발행인 이선우
펴낸곳 도서출판 선우미디어
등록 | 1997. 8. 7 제305-2014-000020
02643 서울시 동대문구 장한로 12길 40, 101동 203호
☎ 2272-3351, 3352 팩스: 2272-5540
sunwoome@hanmail.net

16,000원

※ 이 책은 충청북도 CHUNGCHEONGBUK-DO 충청북도, 충북문화재단 Chungbuk Cultural Foundation 충북문화재단 문화예술지원사업의 우수창작지원사업 지원금으로 발간되었습니다.

ISBN 978-89-5658-737-0 03810

내 이름 아시죠

박옥희 수필집

선우미디어 sunwoomedia

글집을 엮으며

오랫동안 꿈꿔왔던 문학의 길, 은퇴하고서야 작은 싹을 틔우기 시작했다. 오래 묵은 숙제를 하듯 늦깎이 글공부를 시작한 것이다. 이순이 넘은 나이에 시작한 글쓰기는 녹록한 일이 아니었다. 마음을 생각처럼 손끝으로 이끌어내지 못하고 허둥댈 때가 태반이다.

글집을 엮는 동안 그저 마음속에 쟁여 있던 것들을 풀어내면서 나를 돌아보고 내가 놓치고 사는 것들을 잡을 수 있어서 좋았다. 아쉽고 서운했던 일들과 화해할 수 있어서 점점 마음이 가벼워짐을 느낀다.

그러나 속살을 조금씩 꺼내 보이듯 모아놓은 글을 독자 앞에 내놓으려니 부끄럽고 두려움이 앞선다. 그래도 용기 내어 첫 수필집 《내 이름 아시죠》를 엮어 본다.

제1부는 '나의 일곱 이야기' 편이다. 나와 가족의 지난 세월을 되

짚어 가슴에 묻어 두었던 이야기를 펼쳐 본다. 제2부에서는 코로나 19 팬데믹의 긴 터널을 지나며 겪었던 사회현상을 주요 소재로 삼았다. 제3부 '시인의 언덕'에서는 여행하며 느낀 소소한 이야기들을, 제4부는 나를 성장시키는 일상에서의 행복을 담았다. 제5부 '파랑새 날다'에서는 나무도 꽃도 풀도 말을 걸어오는 자연 속에서 마음의 양식을 얻는 이야기로 갈래를 나누어 엮었다.

가슴에 묻어둔 언어를 꺼내 글로 표현할 수 있도록 인도해 주시고, 귀한 시간 쪼개어 졸고를 살펴 발문을 맡아주신 김윤희 선생님께 감사드린다. 늘 함께 있어 든든한 문우들과 정성 가득 담아 글집을 만들어 준 선우미디어에 감사드린다.

2023년 여름

인당仁堂 박옥희

차례

책장을 비우며

파랑새 날다

나의 일곱 이야기

“

엄마는 사계절 구분 없이 텃밭에 주로 계셨다.

봄과 여름 가을과 겨울 텃밭에서 엎드려 일하는

엄마의 염원은 한결 같았으리라.

엄마의 굽은 어깨에는

어린 7남매가 배곯지 않고 무탈하기를 비는

기도문이 무겁게 얹혀 있었다.

”

무명실 꾸러미

나의 회갑을 맞아 이모님이 생일상을 차려준 날이다. 이모님은 장난감처럼 물건 하나를 손에 꼭 쥐고 계셨다. 누렇게 손때가 묻은 무명실 꾸러미다. 자신의 일상도 온전히 누리지 못할 정도로 정신이 흔들흔들 하시는 분이 바느질이라도 하려는 것일까.

"그걸로 뭐 하시려고요?"

뜬금없이 묻는 나에게 이모님은 방그레 웃으며 말씀하신다.

"나 시집올 때 네 외할머니가 만들어 준 거여."

보물인 양 자랑스레 내보이는 모습이 천진스럽다. '외할머니?' 어떻게 외할머니가 만든 무명실 꾸러미가 지금까지 남아 있었을까. 어림잡아도 70년은 족히 넘었을 물건이다. 신기해서 눈을 크게 뜨고 자세히 보니 목화솜을 자아 만든 수제 무명실이다. 정갈하게 감아놓은 것이 마치 누에고치 모양을 하고 있다. 딱 주먹만 하다.

이모님은 양손으로 실꾸러미를 조심스레 쓰다으며 "스무 개나 만들어 줬어. 이불 홑청 시칠 때만 아껴 썼는데 이제 이거 하나 남았어."라고 또렷이 기억하신다. 외할머니는 딸이 당신처럼 살지 말고, 편하게 앉아서 밥상을 받으라며 이렇게 평평하게 감은 실꾸러미를

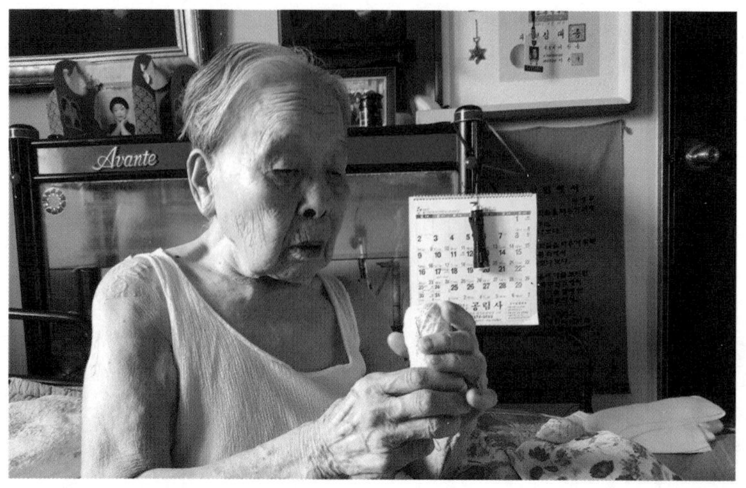

외할머니가 만들어 주신 무명실꾸러미를 가지고 계신 이모님

이모가 나에게 준 외할머니의 무명실꾸러미

씨아

만들어 주셨다 한다. 그리고는 펑펑한 양쪽 끝을 차례로 손바닥에 얹어 보여주신다.

딸을 시집보내는 친정어머니의 마음이 고스란히 담긴 실꾸러미를 보며 탄성이 절로 나왔다. 딸의 평온을 저리 한 올 한 올 정갈하게 감았을 외할머니의 정성이 물큰 와 닿는다.

"느그 엄니 시집갈 때도, 춘천 막내 시집갈 때도 다 한 보따리씩 만들어 줬어." 독백처럼 타래타래 기억의 실오리를 풀어내는 이모님의 눈길이 아련하다.

외할머니는 딸만 셋을 낳으셨다. 아들 선호사상이 짙었던 그 옛날 딸만 낳았으니…. 어지간히 고단한 시집살이를 하였으리라. 딸만은 더 이상 당신의 삶을 닮지 않기를 기도하는 마음으로 실을 가지런히 감고 또 감았을 것이다. 기도하듯 무명실을 잣는 외할머니의 모습이 이모님 얼굴에 겹쳐진다. 그 위로 일렁일렁 어머니의 얼굴이 어룽거린다.

내가 어렸을 때는 우리 집에서도 목화솜으로 무명실을 잣는 모습을 흔히 볼 수 있었다. 입동이 지나고 찬바람이 거세지기 시작하는 겨울밤이면, 어머니의 바쁜 손놀림에 물레가 돌아가고 우리는 구경거리라도 만난 듯 둘러앉았다. 가끔은 서로 한 번씩 돌려보겠다고 떼를 쓰기도 했다.

목화는 어머니의 사랑이요, 내겐 그리움이다. 딸이 여섯이나 되는 우리 집은 매년 목화를 심었다. 4월에 씨를 뿌리고 7월이 되면 목화밭은 온통 흰색과 분홍색 꽃이 피어난다. 꽃이 진 자리에 '다래'라는 열매가 맺힌다. 여물기 전 어린 다래를 한입 깨물면 달큰한

즙이 입 안 가득 고였다.

어린 날 막연히 품었던 내 꿈의 맛이 이러했을까? 한 달가량 지나면 봉오리가 터져서 눈송이처럼 하얀 솜이 몽실몽실 꽃인 양 피어난다. 어머니는 당신의 딸들이 이렇듯 몽실하고 포근한 결혼 생활하기를 소망하며 한 송이 한 송이 목화를 따고 물레를 돌렸으리라.

어렸을 때는 흔하게 보던 무명실꾸러미였지만, 잊혀진 지 오래되었다. 세월이 흘러 지금은 이불 홑청 시칠 일이 없어졌다. 무명옷을 만들거나 버선을 깁는 일은 더더구나 없다. 무명실이 유명무실해진 것이다. 그 흔히 보던 목화밭도 옛이야기 속으로 잦아들었다.

어머니는 외할머니가 만들어 주신 한 보따리의 무명실로 바느질을 하면서 무슨 생각을 했을까? 식구가 많으니 그 무명실꾸러미를 다 쓰고도 해마다 실 잣는 일을 게을리할 수 없었으리라. 어머니에겐 안팎으로 일이 너무나 많았다. 이모님처럼 외할머니표 무명실꾸러미를 한 개라도 간직했더라면 좀 편안한 여생을 보내셨을까? 어머니의 생애를 떠올리며 허허롭게 물음표를 던져본다.

이종 올케언니가 상념에 젖은 내게

"요즘에 자주 꺼내 보세요."

눈을 찡긋하며 귀엣말로 전해준다. 장식장에 넣어두고 한동안 잊고 있더니 어느 날 갑자기 생각이 났는지 찾아낸 것이라 한다. 그 후 날마다 들여다보며 만지작거리신단다. 그녀도 누군가의 딸이다. 가뭇없이 사라진 소녀 시절, 어머니와의 추억을 그리는 걸 게다.

날마다 어머니를 보듯이 꺼내 보는 무명실꾸러미를 보물처럼 여기는 이모님의 마음을 조금은 알 것도 같다. 백수를 바라보는 연세에도 어머니의 체취를 맡으며 그리워하시는 모습이 귀엽기까지 하다. 치매는 신산했던 이모님의 기억을 모조리 가져가고 대신 천진무구한 어린애로 만들어 주었다.

"이거 너 가져."

이모님이 갑자기 아끼던 실꾸러미를 내 손에 쥐여주신다.

"이렇게 귀한 걸 내게 주실래요?"

따스한 손길이 이모님의 손끝에서 나에게로 전해져온다. 이모님에게도 이렇게 외할머니의 손길이 전해져 왔을 게다. 내 어머니의 어머니, 외할머니의 체온이 이모님의 손끝을 통해 내게 와 닿는다.

이모님은 당신 어머니와의 마지막 연결고리였던, 하나밖에 없는 무명실 꾸러미를 나에게 내어주신 것이다. 모든 것을 내려놓으시듯 내 손에 쥐여주신 무명실 꾸러미를 내 어머니의 유품인 듯 품에 안으며 나는 와락 눈물이 솟구쳤다. 회갑 날 모녀 3대의 맥이 대물림으로 내게 전해왔다. 귀한 선물이다.

무명실 꾸러미를 투명상자에 넣어 언제든 꺼내 볼 수 있도록 침대 옆에 두었다. 서랍을 열 때마다 어머니, 어머니의 그 어머니 체취를 느낀다. 면면히 흘러흘러 오면서 여성 3대를 이어주는 끈이다. 따스함이 묻어난다.

외할머니의 사랑을 내게 물려주신 이모님은 4년간 천진한 아이로 살다 98세를 일기로 영면에 드셨다. 물레로 목화송이를 펴 실을 잣는 외할머니의 손길. 아니, 이모, 어머니의 손길이 누런 무명실에 그리움으로 감겨 나를 바라본다.

[한국수필 당선작. 2021.]

아버지의 언어

남자는 어른이 되면 다 할아버지가 되는 줄 알았다. 나의 과거 속에는 늘 청년인 아버지가 있다. 아버지는 서른아홉에 7남매와 젊은 아내, 그리고 노모를 남겨두고 바삐 먼 길을 떠나셨다.

나에게 생전의 아버지 얼굴은 없다. 아버지와 첫 만남은 사진 속이다. 목소리도 기억에 없다. 잊히지 않고 어렴풋이 떠오르는 모습이 있기는 하다. 아파서 안방 아랫목에 누워 계시던 모습과 윗목에 놓여있던 커다란 놋요강이 전부다. 요강이 방에 있던 것으로 보아 바깥출입이 어려운 상태였던 것 같다.

고향 집 대청마루 찬장 위에는 늘 거무스름하고 낡은 트렁크가 하나 있었다. 아버지의 부재에도 꿋꿋이 집을 지켜왔다. 언제부터 그곳에 있었는지 알 수는 없지만 늘 우리를 지켜주는 아버지 같다고 생각하며 자랐다.

가끔 열어보던 트렁크 속에는 표지가 바스러져 가는 까맣고 두툼한 사진첩이 있었다. 그곳에는 경성에서 학교에 다녔던 아버지의 학창 시절 모습이 고스란히 담겨 있다.

첫 장을 넘기면 '昭和*拾七四月買入소화십칠사월매입'이라는 구입

날짜와 함께 아버지 이름이 쓰여 있다. 결혼 후에도 사랑방에 한문 선생님을 독선생으로 모셔서 공부를 했다는 아버지가 붓으로 쓴 필체가 분명하다.

소학교 졸업사진 속에는 흰색 무명 한복을 입은 까까머리 남학생들 사이에 2대 8 가르마를 한 선생님이 검정색 양복을 입고 있다. 댕기 머리에 검정 치마와 흰색저고리를 입은 여학생도 몇몇 있다. 그들 사이에 흰색 양장을 한 단발머리 여학생도 한 명 보인다.

경성 유학 시절에는 교복을 입고 교모를 쓴 친구들과 계곡에서 정겹게 도시락을 먹으며 찍은 사진이 있다. '진관사 원족 기념' '우이동 등산 기념' '관악산 등산 기념' '졸업을 마치면서' 등 사진 속에는 암호처럼 새겨 넣은 아버지의 발자취가 고스란히 남아 있다. 아버지의 언어다. 아버지가 친구들과 누볐을 서울의 어느 골짜기를 따라 나도 한 번 걸어 보고 싶다.

어느 사진에는 선생님들과 새까맣게 한 무리가 되어 창밖으로 머리를 내밀고 매달리며 기차여행을 떠나는 모습이 활기차다. 교복 위에 입은 코트의 깃을 세우고 기타를 치는 아버지의 모습은 그 어떤 모더니스트보다 멋져 보인다. 셋이서 같은 모자와 동그란 안경을 쓰고 '잊지 못할 三友'라는 문구를 새겨 넣고 우정을 과시하는 모습도 있다. 충남 지역 학생들이 모두 모여 찍은 '충남학우회'라는 문구를 새겨 넣은 커다란 사진 속에는 아버지가 어디 있는지 찾기조차 힘들다. 사진의 배경인 학교 건물에는 '內鮮一體내선일체'라는 글씨가 선명하게 보인다. 대부분 일제강점기 학창 시절에 경성에서 찍은 사진들이다. 단체 사진에는 행여 아버지 얼굴을 잊을까 누군

바스러질 것 같아 만지기도 조심스러운, 아버지 손때 묻은 앨범 표지

손바닥보다 작고 얇은 경성전기학교 생도수첩 표지

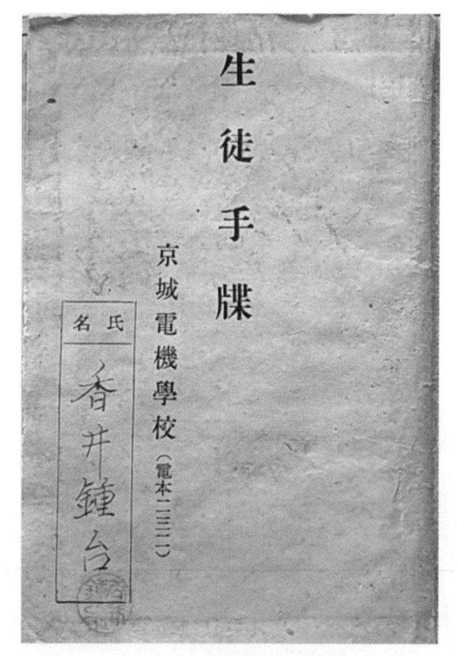

아버지가 직접 쓴 생도수첩 안의 이름

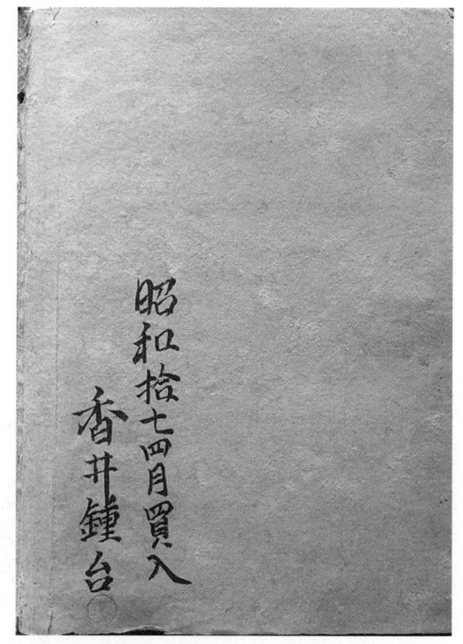

아버지가 직접 쓴 앨범 속 구입일과 이름

가 아버지 얼굴마다 동그라미를 쳐놨다. 나는 가끔씩 사진첩을 꺼내 한 장 한 장 넘기면서 아버지를 만나는 게 참 좋았다.

트렁크에는 '京城電機學校경성전기학교'라는 글씨가 선명하고 작은 生徒手牒생도수첩이 함께 있었다. 당시는 학생을 생도라 불렀던 모양이다. 수첩에는 네 글자의 아버지 이름 밑에 도장이 선명하게 찍혀있다. 수첩의 맨 뒤에는 '身分證明書入신분증명서입'이라는 글씨가 있는 종이 주머니가 있다. 아마도 수첩에 학생증을 넣어가지고 다녔던 모양이다.

생도수첩은 제1편 생도심득, 제2편 제원계서양식, 제3편 생도병보증인 숙소기입란, 제4편 수업료 기타 수납증 등 4편으로 나눈다. 제1편 생도심득 목차에는 제1 황국신민, 제2 경신, 제3 효도, 제4 복종, 제5 학습, 제6 학우, 제7 책임, 제8 질실강건質實剛健, 제9 보건위생, 제10 풍기風紀로 10가지가 세세히 적혀있다. 제3편에는 첫 장에 학생 이름과 생년월일, 본적을 적었다. 그 다음으로 종전 학력과 입학 연월일, 또 정보증인으로 父의 이름과 주소가, 그 다음에는 부보증인의 이름과 주소가 있다. 기타에는 수업료에서 기차 승차 할인까지 다양하게 기록되어 있다.

아버지는 1941년에서 1943년까지 3년 동안 학교에 다니며 하숙집을 여섯 번이나 옮겼다. 경성부 신공덕정 15-11에서 시작하여 공덕정, 세류정, 흑석정, 현저정에서 2번이다. 토목 예과에서 토목 본과까지 학년이 올라갈수록 과목이 다르며 하숙집 주소가 모두 다르다. 하숙이라고 쓴 위에는 학교에서 확인을 받은 것처럼 담임 란에 도장이 찍혀있다. 작지만 학교생활 모두가 담겨 있는 수첩이다.

아버지 친구들과 찍은 사진

아버지, 어머니의 영정사진

아버지의 트렁크에는 접었다 폈다 할 수 있는 노르스름하고 계란만하게 생긴 돋보기가 있었다. 반달 모양의 얇은 판에 180°의 눈금을 새긴 분도기도 있다. 같은 재질의 삼각자와 원을 그릴 수 있는 컴퍼스도 있다. 쓰다 남은 여러 권의 노트에는 여기저기 아버지의 글씨가 일본어와 한문으로 씌어 있었다. 모두가 신기하기만 한 물건들이었다. 트렁크는 아버지의 이력이 고스란히 들어있는 보물 상자였다. 이것이 없어졌다.

지난 추석에 아버지의 트렁크를 없앴다는 것을 처음 알았다. 집을 개축할 때 사진첩만 남기고 다른 물건과 함께 버렸다는 말을 듣는 순간 눈물이 왈칵 쏟아졌다. 돌아가신 지 60년이 넘은 아버지를 또다시 여읜 것처럼 슬펐다. 그 트렁크는 내 마음속의 아버지였다. 이제 유일하게 남은 것이 사진첩이다. 표지의 천이 해져서 만지기만 해도 풀풀 먼지가 묻어나는 낡은 사진첩을 품에 안고 집으로 오는 내내 눈물이 났다.

사진첩 속에는 아버지만 있는 것이 아니다. 아버지와 함께하던 이름 모를 사람들이 있다. 비록 생존 가능성이 0%겠지만 한 사람이라도 만나서 그 시절 아버지의 이야기를 들어보고 싶다. 사진 속 아버지의 언어를 대변해 줄 누군가를 찾아보고 싶다. 조금 더 일찍 챙겨볼 것을….

아버지는 사 남매 중 막내로 태어났다. 위로 딸 셋을 낳고, 셋째 할아버지의 장남을 양자로 맞아들이고 나서야 아버지를 낳으셨단다. 그렇게 귀하게 살았던 아버지가 우리 7남매를 남기고 서른아홉에 눈을 감으셨다. 세 돌짜리였던 나는 아버지가 없다는 것이 무엇인지도 모르고 어린 시절을 보냈다. 조금도 이상하지 않았다. 내 기억엔 처음부터 우리 집에는 아버지가 없었기 때문이다.

30여 년 전 어머니가 돌아가시면서 아버지가 다시 살아났다. 비로소 아버지가 슬픔으로 찾아온 것이다. 나는 병약한 4살배기 딸을 두고 무책임하게 떠났다고 생각하며 힘들 때마다 아버지를 원망했다.

어머니의 영정사진을 만들면서 사진첩에서 아버지의 사진을 꺼내 영정사진을 만들었다. 반백에 쪽 찐 머리의 어머니와 청년의 아버지가 부부로 나란하다. 이제야 아버지가 그리움으로 다가왔다.

나는 '아버지'라고 불러본 적이 단 한 번도 없다. 아버지에게서 "옥희야"라는 말을 들어본 기억도 없다. 4살배기 꼬마로 돌아가 꿈속에서라도 아버지의 목소리 한번 듣고 싶다. 먼 기억 속 아버지의 언어를 찾는다.

[2019.]

*소화(昭和) : 1926년에 등극한 천황 때부터 시작한다. 소화 1년은 그 숫자에다 1925를 더하면 서기 연대가 된다.

어머니의 꽃상여

초겨울 그믐날 밤, 어머니가 먼 길을 떠나셨다. 긴 병마와 싸우다 달도 없는 칠흑 같은 밤을 택하여 가셨다. 아마도 이승에서의 고달픔을 내려놓고 훌훌 혼자만의 긴 여행을 떠나고 싶으셨던 걸 게다. 그 밤, 병고로 작아진 눈가에 눈물 한 방울 길게 남기고, 숨을 내쉰 것이 어머니의 마지막 모습이다.

1991년, 어머니가 떠나시던 해 4월이었다. 진천으로 이사하면서 나는 어머니를 꼭 모셔 와 같이 살고 싶었다.

"나랑 같이 가자, 같이 살자."

고 몇 날 며칠을 두고 사정했었다. 처음에는 아들을 두고 왜 딸네 집으로 가느냐고 역정을 내셨다. 나중엔 올해 농사만 지으면 가을에 꼭 가겠다며 꿈쩍 않으셨던 마음을 조금 열었다. 어머니에겐 딸보다 하나밖에 없는 아들에게 더 기대고 싶었던 모양이었다. 아니, 결혼도 안 하고 나이 서른 중반에 들어선 딸을 보는 게 마음 아프셨는지도 모른다.

그해 늦가을, 오빠에게서 다급한 전화가 왔다. 어머니가 쓰러지셨으니 빨리 병원으로 오라는 것이다. 눈물범벅이 되어 택시를 타고 한달음에 달려갔다. 작은 체구의 어머니는 응급실 한 귀퉁이 침대 위에 입던 옷 그대로 덩그마니 누워계셨다.

"엄마, 엄마!"

손을 잡고 소리쳐 부르니 아무 말도 못 하고 초점 잃은 눈으로 애잔하게 바라만 보셨다. 각종 검사를 마치고 중환자실로 모셔졌다. 곧 자리를 털고 일어날 것만 같아 한시도 곁을 비울 수가 없었다.

3년 전 일이 주마등처럼 스친다. 어머니가 뇌출혈로 쓰러지셨다. 퇴근하여 집에 가니, 할머니가 밥상을 방에 들여놓고 없어졌다고 조카애들이 찾고 난리가 났다. 사랑채 모퉁이를 돌아 화장실 쪽으로 가니 어머니는 화장실 앞에 쓰러져 계셨다. 급히 택시를 불러 청주병원 응급실로 향했다. 다음 날 아침, 담당 의사는 무덤덤한 표정으로 팔짱을 낀 채 고개를 가로저었다. 머리 주요부위에 혈액이 고여 가망 없으니 집으로 모시라고 한다. 사람도 알아보고 약간의 대화도 가능한데 집으로 모셔가라니, 말도 안 되는 폭탄선언이었다.

우리는 온갖 인맥을 동원하여 어찌어찌 고려대 구로병원으로 줄을 대어 앰뷸런스를 타고 출발했다. 서울까지 무슨 정신으로 갔는지 모른다. 어머니 손을 잡은 내 귓가에 '삐뽀삐뽀' 비상경보 소리만 크게 확대되어 불안감을 더했다. 아찔한 순간을 넘기고 기적처럼 수술도 하지 않고 한 달여 만에 완쾌하여 집으로 모실 수 있었다.

그때 그랬던 것처럼 인공호흡기를 쓰고 계신 지금도 곧 자리를 털고 일어날 것만 같았다. 입원실로 옮긴 지 한 달이 넘자 어른들

은, 이젠 틀렸다며 퇴원하여 집으로 모시자고 했다. 나만은

"안 돼. 치료하면 나을 수 있으니 더 기다려 보자."

고 눈물로 떼를 썼다. 소용이 없었다. 집으로 모신 지 보름 남짓, 블랙홀에 빠지듯 어머니가 가신 밤은 적막 그 자체였다. 다시는 어머니를 볼 수 없다는 생각에 무섭고 떨렸다. 갑자기 오한이 일었다.

어머니를 선산으로 운구할 상여는 집안 어른들과 상의하여 오래 묵은 동네 상여가 아닌, 꽃상여를 하기로 했다. 그때만 해도 시골에서 꽃상여로 운구한다는 건 정말 획기적인 일이었다. 미리 맞췄어야 했는데 갑작스러운 일이었지만 마침 꽃상여를 맞춰놓고 찾아가지 않은 것이 있어 다행이었다. 화사한 색상에 탐스러운 꽃술이 여태까지 내가 본 상여 중에 제일 아름다웠다. 누구든 그 상여만 타면 극락으로 인도될 것만 같았다. 장례를 모시던 날, 사람들 모두가 상여가 너무 예쁘다며 일밖에 모르더니 저렇게 꽃상여를 타신다고 입을 모았다.

상여가 선산으로 향하는 길에는 쑥부쟁이 꽃대가 마지막 눈물처럼 밭둑길에 쓸리고 있었다. 보랏빛 여린 꽃을 상여꾼들은 아무렇지도 않게 툭툭 발로 차며 밟고 지나갔다. 운구행렬이 장지에 가까워질수록 서러움이 몰려와 나는 상여 끝을 잡은 손에 힘을 주었다. 요령잡이는 그때마다 노잣돈을 놓으라며 한 판씩 추임새를 더하곤 했다. 이승에서의 마지막 어머니 삶을 저리 풀어내 주는 것 같아 아까울 것이 없었다.

어머니는 남편의 부재를 슬퍼할 겨를도 없이 청상으로 가장이 되어 살아왔다. 2살배기 막내, 그 위로 칠 남매를 두고 시어머니를

모시는 가장이 된 것이다. 서른아홉에 먼저 가신 아버지의 빈자리는 어머니에게 큰 짐으로 다가왔다. 자식들 건사, 시어머니 봉양, 가업으로 물려받은 농사일까지 모두가 하루아침에 어머니의 몫이 되었다.

아버지는 애당초 농사와는 거리가 멀었다. 당시 서울인 경성에서 '경성전기학교'를 졸업했고, 사랑방에 한문 독선생을 모시고 공부했던 선비였다. 늘 그랬듯 어머니는 모든 일을 도맡았지만, 아버지가 계셨을 때와는 그 짐의 무게가 달랐으리라. 사랑방에는 사철 머슴이 한둘씩 상주했어도 안팎으로 챙겨야 할 대소사들은 오롯이 어머니가 감당해야만 했다.

손에 물 마를 날 없이 마지막 쓰러지던 순간까지 일을 놓지 않고 사시던 어머니,

"가을일 마치면 그때 너희 집으로 가마."

끝내 그 약속은 지켜지지 못했다. 올해도 어김없이 가을이 제 홀로 겉돌다 간다. 종심을 바라보는 이 딸은 여전히 황금 들녘이 출렁거리기 시작하면 어머니가 현관으로 들어오시는 꿈을 꾼다.

[2021.]

나의 일곱 이야기

2019년, 올해는 뜻하지 않게 수필을 만났다. 이 또한 늘 꿈꾸어 오던 일 아닌가. 수필과 함께 전개될 내 인생의 또 다른 세상을 꿈꾸며 한 해를 돌아본다. 벌써 일 년, 또 한 해가 갔다고 말하기엔 우여곡절이 많았다. 나만의 보람을 느낄 수 있는 경험을 했고, 지난해 의미 있는 사연 일곱 가지를 꼽아본다.

하나, 백조가 되다

무술년은 40여 년의 공직생활을 마치고 백조가 된 첫해다. 백조란 백수 생활을 하는 여자를 뜻하는 신조어다. 새해 첫날부터 마음이 심란하다. 아니, 전날 밤부터 특별한 무슨 일이 일어날 것만 같아 잠이 오지 않았다. 하지만 아무렇지도 않게 새해는 밝았고 하루의 시작은 시계 초침 따라 잘도 간다. 눈을 뜨자 만감이 교차하는 건 내 마음뿐이다. 날마다 기계적으로 향하던 출근길이 끊어졌다. 가던 길을 가지 않아도 된다는 편안함보다 마음이 싱숭생숭하다. 직장을 그만두었다기보다는 어딘가에 소속되어 있던 것이 해제되어 '박옥희'라는 이름 석 자만 남았다.

둘, 둘째 형부 하늘나라로 가시다

가장 가까이 살던 둘째 형부가 새해 첫 달을 넘기지 못하고 하늘나라로 가셨다. 연말쯤 병원에 입원했다는 소식을 들었을 때만 해도 요즘은 의술이 발달하여 치료하면 곧 퇴원할 거라는 믿음이 있었다. 하지만 날로 쇠약해지더니 검사 결과가 나오기도 전에 중환자실로 옮기게 되었다.

급성 혈액암이란다. 언니와 함께 조카 삼 남매가 날마다 병실 앞을 지켰지만 급하게 떠나는 사람을 어쩌지 못했다. 사람이 이 세상을 떠나는 과정이 이렇게도 빠르게 진행되는 것인가? 사고라면 그럴 수도 있겠지만, 몸속의 병이 이렇듯 급작스레 사람을 앗아갈 수 있는가. 야속했다.

고향 집 천안을 떠나 직장 가까이 이사하면서 둘째 언니와 형부가 있어 늘 마음이 든든했다. 7남매 중 멀리 사는 다른 형제들과 달리 서로 명절도 챙기고 생일도 챙기면서 지냈다. 언니는 김치, 나물 반찬은 물론 옥수수, 토마토, 오이 등 텃밭에서 가꾼 유기농 먹거리를 대주었다. 형부는 내 생일 때마다 맛난 밥과 함께 책을 선물하셨다.

바쁘다는 핑계로 책 읽기를 멀리하다가도 생일날 받은 책을 읽으면서 다시 가까이하게 되던 것이 새삼 생각난다. 해가 바뀌고 글을 쓰기 시작하면서 형부의 빈자리가 더욱 크게 느껴진다.

셋, 한국교육상담협동조합 이사가 되다

몇십 년 일 했으니 백조가 되어 쉬어 볼까나. 놀아 볼까나. 생각이 많았던 연초였다. 상담 관련 협동조합에서 이사로 오라는 것이다. 퇴직을 준비하면서 상담 관련 자격증을 여러 개 땄다. 그리고 매주 스터디를 하면서 나름 준비했던 터였다. 몇 개월 놀아 보고 시작을 해야 하나, 조금씩이라도 일을 해야 하나, 고민하다가 덥석 하겠다고 나섰다. 이것이 계기가 되어 초등학교부터 대학교까지 학생은 물론 교사와 학부모 등 집단상담을 시작했다.

짧게는 2시간, 길면 4시간 교실에서의 수업은 재미있고 보람도 있었다. 성격유형을 검사하고 아홉 가지 유형에 따라 서로 어떻게 다른지, 다름을 알고 타인을 이해하며 살아야 행복하다는 집단교육이다. 학생들은 성격유형에 따른 학습코칭과 학교폭력 예방까지 효과가 있다.

충북 도내는 물론 전라도, 경상도, 경기도까지 부르는 곳이면 학교나 직장 가리지 않고 다니다 보니 한 해가 바삐 저물었다.

넷, 세 번째 새집으로 이사하다

생애 마지막이라 생각하고 장만한 세 번째 새집으로 이사했다. 퇴직 후 이사를 준비하면서 나름대로 고민을 많이 했다. 늘 친구들이 오라고 손을 내밀던 고향 천안으로 갈 것인지, 아니면 몇십 년 생활의 터전이던 진천에 남을 것인지.

친구들을 만나러 갈 때마다 복잡했던 도심을 생각하면 생활에 익숙한 진천보다 천안은 낯설다는 결론이었다. 진천에서 자리를 잡는다면 어디가 좋을지 생각하다가 결정한 곳이 충북혁신도시다. 공공기관 11개가 이전하고 그에 따른 가족들이 이주한다면 작지만

알콩달콩 수필카페 첫 종강식

알찬 도시가 되리라.

아파트 단지마다 공원이 조성되었다. 단지 밖에도 주민들에게 조깅 코스로 인기가 많은 대화공원, 선옥공원, 두레봉공원 등 서른일곱 개나 되는 많은 공원이 조성되어 있다. 쾌적한 도시로 전국에서도 가장 으뜸이다. 도심의 역세권보다 숲세권이 인기를 끌고 있는 친환경적인 소도시로 이사를 한 것이다.

다섯, 넷째 언니, 새집을 장만하다

넷째 언니는 바로 위 언니다. 어렸을 적부터 도움을 받기만 해서 늘 고맙고 미안하기만 한 언니다. 새집을 장만하여 이사한다는 소식이 그렇게 반가울 수가 없다. 언니는 둘째 며느리로 시집을 갔지만 큰시숙이 일찍 세상을 떠나셔서 시부모님을 모시고 살았다. 남매를 낳고 잘 사는가 싶더니 시부모님이 돌아가시고 형부가 가산을 탕진하기 시작하면서 고단한 생활이 시작되었다. 아이 둘을 기르는 것보다 알코올 중독이 된 형부의 포악함을 견뎌내기가 더 힘든 시기였다.

'시거든 떫지나 말지.' 형부는 이런 말로 표현하기에도 부족한 사람이었다. 알코올 중독으로 폭군이 되어버린 가장을 대신하여 어린 남매를 위해 직장을 다니며 이겨낸 세월이 얼마인가. 마지막 살던 집까지 남의 손에 넘어가고 언니는 다니는 회사의 사택으로 이사를 했다. 세상을 포기한 듯 살던 형부가 일찍 세상을 떠나고 남매는 오롯이 언니의 몫이 되었다.

어렵게 키운 남매가 성장하여 직장을 다니고, 셋이 벌어 모은 돈으로 아파트를 장만한 것이다. 오랜 사택 생활을 청산하고 새집을 마련한 언니의 새 출발은 나에게도 기쁨이다.

여섯, 꿈에 그리던 스페인, 포르투갈을 여행하다

여행은 갈수록 더 가고 싶어진다고 했던가? 동유럽을 다녀온 친구들끼리 다음 여행 준비를 시작했다. 서로의 시간을 맞추다 보니 5년을 기다려 드디어 스페인행 비행기에 올랐다. 여행사를 운영하는 친구의 도움으로 선택한 패키지여행이다.

먼저 스페인의 성가족성당과 구엘공원이 있는 가우디의 도시 바르셀로나, 발렌시아, 세비야, 마드리드 등을 여행하기로 했다. 다음은 포르투갈의 수도 리스본과 세계적으로 유명한 성지순례지인 파티마대성당, 유럽의 땅끝마을로 대서양에 맞닿은 까보다로까를 여행하는 일정이다.

7박 9일간 2개국을 다녀오는 여정에 긍정 에너지를 뿜어내는 친구들이 있어 더욱 행복했다. 명소마다 셀카봉을 들이대고 까르르 웃음까지 담아 찍어댄 사진 속 얼굴들이 천진하다.

일곱, 50여 년 만에 소꿉친구를 찾다

"여보세요"

낯선 듯 귀에 익은 음성이 수화기를 타고 들려온다. 힘이 있는 목소리다. 50여 년이 지났지만, 어렸을 때 놀자고 대문 밖에서 나를 부르던 목소리 그대로다. 나의 유년 시절을 행복하게 해줬던 친구 순영이다. 내 이름을 밝히며 기억나느냐고 물으니 깜짝 놀라는 눈치다. 전화로 만날 줄은 꿈에도 생각하지 못했다며 반가워한다. 이리 반가워하는 걸 보니 너무 늦게 찾은 게 아닌가 싶다.

친구는 열일곱에 우리 동네를 떠났다고 한다. 동네 친구지만 나보다 두 살이나 더 먹었다는 것도 처음 알았다. 갑자기 너니 나니 하며 스스럼없이 대했던 것이 미안해진다. 그래도 동네 친구는 영원한 친구다. 내성적인 성격에 중학교를 들어가면서부터 집과 학교만 오가는 사이 친구와 소원해진 것 같다. 언제부터인가 동네에서 친구가 보이지 않아도 그런가보다 무심했다. 아주 오랜만에 찾게 된 친구 순영이와 꼭 만나기로 약속했다. 이렇듯 세월의 흐름은 나쁘지만은 않다.

한 해를 마무리하면서 또다시 전개될 새해에 대한 기대로 가슴이 설렌다.

[2019.]

이모님표 생일상

휴대폰에 저장된 사진을 돌려보다 오래전 찍었던 생일상을 발견했다. 코끝이 찡해온다.

6년 전의 일이다. 이종사촌 오빠에게서 생일날 꼭 집으로 오라는 연락을 받았다. 밥이라도 같이 먹자는 줄 알고 청주에 사는 이모님 댁으로 향했다.

거실에 들어서자 떡 벌어진 상차림이 보였다. 상 한가운데 시루떡 케이크가 있고, 그 곁에는 제철 과일이 통째로 가득 담겨 있다. 마치 돌상 같았다.

"어머! 이게 뭐예요, 내 생일상이어요?"

나도 모르게 환호성이 튀어나왔다. 이모님이 주방에서 나오면서

"그려, 네 생일상이다. 진작부터 생일날 이렇게 한번 차려주고 싶었는데 이제야 했구나."

나이 60을 바라보도록 집에서 쪄낸 시루떡 생일상을 받아본 것은 처음이다.

아들이 귀한 집안 칠 남매 중 딸이 여섯이다. 그중에 다섯째 딸인 나를 살뜰히 챙겨줄 리도 없으려니와, 가을이다 보니 농사일에

생일상 받은 날 오창 호수공원 나들이

이모님표 생일상

바빠 시래깃국을 끓이기 일쑤였다. 지나고 나서야 어머니는 생일을 잊어버린 걸 미안해하곤 하셨다. 미역국을 못 먹어 섭섭하단 말도 못 했던 처지에 떡까지 올린 생일상은 상상도 못할 일이었다.

언제부터인가 나는 이모님에게 딸이나 마찬가지인 존재가 되었다. 아들 하나만 바라보고 살아오신 이모님은 딸이 있었으면, 하는 바람이 있으셨던 모양이다. 내가 어렸을 적에 이모님이 "우리 집에 가면 이쁜 옷도 많이 사주고, 맛있는 것도 많이 해줄 테니 가자."라고 하면 그때마다 안 간다고 하기보다는 "가서 옷 사주면 입고 와야지."라고 대답했다고 한다.

1991년 겨울, 73세를 일기로 어머니가 돌아가신 후부터 명절과 생신 때마다 빼놓지 않고 이모님 댁을 찾게 되었고, 이모님도 우리 어머니를 만난 것처럼 나를 반겨주셨다. 처음엔 이모님만 보면 어머니 생각에 자꾸만 눈물이 났다. 이모님도 어머니와의 추억 보따리를 끝없이 풀어내곤 하셨다. 아직 갈 나이가 아닌데 너무 일찍 가셨다면서 아쉬워하는 이모님이, 어머니를 잃은 내겐 큰 의지가 되었다.

90이 넘은 이모님이 손수 떡까지 쪄서 생일상을 차려 주시니 고마운 마음도 크지만, 어머니 생각에 더 울컥했다. 자식들 생일상 한 번 차려 주지 못할 정도로 바삐 살다 가신 우리 어머니!

그 후 세 번째 생일상을 받은 것은 나의 회갑이었다. 혼자서 회갑을 맞이하게 되자 조카들이 미리 날을 잡아 천안의 유명 뷔페에서 집안 식구들을 불러 잔치를 열어주었다. 그날 나는 치마저고리를 곱게 차려입었다. 친손주는 아니어도 형제들의 아들·며느리, 딸·

사위, 손주 등 50여 명의 대가족이 모여서 나의 회갑을 축하해 주었다.

그런데 회갑 당일 또 이모님 댁으로 오라는 소식이 왔다. 그동안 이모님이 편찮으셔서 몇 번 다녀온 터라 '더 안 좋아지셨나?' 걱정이 되어 달려갔더니 생일상이 근사하게 차려져 있다. 눈을 크게 뜨는 바라보는 내게

"이번에는 내가 못 했다. 네 언니가 다 했어."

"아니래요. 아가씨, 시키는 대로 해서 어머니가 하신 게 맞아요."

올케언니가 밝게 웃었다.

이모님은 그해 봄부터 치매가 오기 시작했다. 어느 날 이종오빠가 울음 섞인 목소리로 빨리 와 보라고 했다. 어머니가 아들, 며느리도 몰라보시니 아마도 큰일을 치를 것 같다는 것이다. 하나밖에 없는 아들도 몰라보니 너무 놀라서 부부가 한참을 울었다고 했다. 80이 넘을 때까지 5층 건물 10여 개의 상가를 관리할 정도로 총기가 좋은 분이었다. 치매가 온 후에도 조카딸인 나를 몰라보신 적은 한 번도 없었다. 정말로 이모님에겐 내가 딸이었나 보다. 사람을 몰라보고 정신을 놓기 일쑤인 이모님 때문에 침울해 하던 오빠 내외도 내가 가면 알아보시니 더할 나위 없이 좋아했다.

그동안 첫 번째 생일상을 받은 날은 청남대로, 두 번째는 괴산 중원대학교 박물관으로 나들이를 했다. 세 번째 생일상을 받은 날은 가까운 오창 호수공원으로 갔다. 걸음이 불편하신 이모님을 위해 미니보행기, 돗자리, 바람막이 무릎담요까지 챙겨서 잔디밭에 자리를 펴고 둘러앉았다. 흰 구름이 둥실 떠다니는 전형적인 가을

날씨였다. 노릇하고 푹신한 잔디밭에서 내려다보는 잔잔한 호수엔 파란 하늘을 가득 머금은 것이 평화 그 자체였다. 날씨 또한 나에겐 생일 축하 무대처럼 느껴졌다.

앉아 있기도 힘들어하셨던 이모님이 갑자기 훠이훠이 손을 휘저으며 앉은 채로 춤을 추기 시작했다. 우리는 처음 보는 춤사위에 놀라움과 함께 배꼽이 빠지도록 웃었다. 평생 우리 어머니처럼 노래와 춤을 모르고 사셨던 분이다. 예쁜 치매가 오니 이런 즐거운 변화도 오는 모양이다. 평소 같으면 춤을 추라고 사정을 해도 못한다고 손사래를 칠 어른이 흥에 겨워 춤을 추셨다. 치매가 온 후부터 온갖 채소를 가꾸던 옥상에도 올라가지 못 했던 이모님이 모처럼 바깥나들이에 기분이 좋아지셨나 보다.

올 3월, 98세를 일기로 영면에 드신 이모님의 춤사위는, 한 상 가득 내 생일상의 추억과 함께 이제 사진으로만 간직하게 되었다.

[2020.]

엄마의 기도

텃밭은 엄마가 가장 아끼고 사랑하던 곳이다. 긴 겨울이 지나고 새싹이 움트기 시작하면 먼동이 트기 전부터 저물녘까지 텃밭에서 사셨다. 식구들이 잠에서 깨어날 때쯤에 흰 적삼이 흠뻑 젖은 채로 대문에 들어서곤 했다. 손에는 잘 가꾸어진 얼갈이배추며 시금치, 부추, 상추 등 푸성귀를 담은 대소쿠리가 들려있었다.

대문 밖 넓은 바깥마당을 지나면 텃밭으로 들어가는 싸리문이 있다. 싸리나무 가지를 아무렇게나 얼기설기 엮어 만든 문은 손잡이를 살짝 들어 올리며 열어야 한다. 그 문을 들어서면 계절 따라 품목을 달리하며 만물상이 열린다. 이른 봄이면 제일 먼저 부추가 연둣빛 뾰족한 머리를 들어 올린다. 부추 옆에는 동그란 잎을 나풀거리며 딸기가 올라온다. 부추와 딸기는 씨를 뿌리지 않아도 해마다 그 자리를 지키고 있다가 스스로 얼굴을 내민다. 창칼로 베어내고 또 베어내도 화수분처럼 올라오는 부추가 여러해살이라는 것을 한참 후에 알았다. 여린 흰 꽃을 피워내던 딸기는 그리 크지는 않았지만 빨갛게 익으면 제법 단맛을 내었다. 탐스런 딸기를 키우려면 가을에 뿌리를 캐내어 모종해야 한다는 것도 그때는 몰랐다. 붉게 익은 딸기를 발견하는 날은 누가 볼세라 가슴이 두근대곤 했다. 여러 형제 중 내 눈에 제일 먼저 띈 것이 행복할 뿐이었다. 요즘은 계절도 없이 한겨울에도 비닐하우스에서 키운 크고 탐스러운 딸기가 마트마다 지천이다.

텃밭은 엄마가 그리는 한 폭의 수채화다. 봄부터 가을까지 철 따라 열무, 상추, 배추 등 푸성귀 씨를 뿌렸다. 울타리 밑에는 군데군데 흙구덩이를 파고 오이와 호박을 심고 나뭇가지를 비스듬히 걸쳐 놓았다. 덩굴손에 눈이라도 달린 양 나뭇가지를 타고 올라 터를 잡는다. 얼마 지나지 않아 노란 꽃을 피우고 주렁주렁 열매를 맺는다.

여름날 오후가 되면 엄마는 나뭇가지로 억센 호박잎을 제치며 애호박을 찾아냈다. 대청마루에 베 보자기를 깔고 제사나 큰일을 할 때만 쓰던 큰 도마를 꺼내놓는다. 밀가루를 반죽하여 팔뚝만큼 굵고 기다란 홍두깨로 밀어 칼국수를 만든다. 나는 턱을 괴고 앉아 기다리다 국수를 썰고 남은 국수꽁지라도 한 쪽 얻으면 신이 났다. 아궁이로 달려가 구워 먹으면 바삭바삭 고소한 맛이 일품이었다. 배가 볼록 부풀어 오른 국수꽁지가 작은 것이 늘 아쉬웠다. 들기름을 넣고 달달 볶은 애호박 고명은 칼국수와 천생연분으로 궁합이 잘 맞았다. 야들야들 열무 겉절이를 곁들이면 금상첨화다.

텃밭 한가운데에는 커다란 은행나무가 자리하고 있어서 잠시 쉴 수 있는 그늘을 만들었다. 가을이면 노랗게 물든 은행나무에서 가마니로 담을 만큼 많은 은행을 털어 고무 통에 담아 며칠을 삭혔다. 은행에서 구린 냄새가 진동할 즈음 엄마는 냇가로 가져갔다. 커다란 광주리에 옮겨 담아 광주리째 흐르는 냇물에 띄워놓고 씻어 말린다. 뽀얗고 굵직한 은행은 가윗돈을 쏠쏠히 만져볼 수 있는 귀한 존재였다.

겨울이 다가오기 전, 빈 텃밭에 대나무로 뼈대를 세우고 비닐하우스를 만들었다. 혹한의 겨울에도 땅을 얼리지 않고 이른 봄부터 일을 시작할 요량이다. 입춘 절기가 지나면 고추씨를 물에 담가 고추모를 기르기 시작했다. 상추와 얼갈이 무씨를 심어 월동 김장김치가 떨어질 시기를 대비하기도 했다.

엄마는 사계절이 무색하도록 텃밭에서 일을 하셨다. 엄마의 일은 기도 그 자체다. 봄과 여름, 가을과 겨울의 기도가 다르지 않았다. 텃밭에 엎드려 있는 엄마의 굽은 어깨에는 어린 7남매가 배곯지 않고 무탈하기를 비는 기도문이 무겁게 얹혀 있었다.

엄마의 기도를 먹고 자란 덕에 나는 힘든 일이 생길 때마다 '엄마는 이보다 더한 것도 참아냈는데…' 스스로를 위로하면 다시 힘이 솟았다.

이 세상에서 제일 존경하는 사람이 누구냐고 하면 답은 주저 없이 엄마다. 어릴 적은 물론이고 어른이 되어서도 엄마를 바라보는 눈은 달라지지 않았다. 본인을 위한 삶이 아닌, 오롯이 가족을 위한 희생의 삶을 살다 가신 그 뜻이 달라질 수가 없다.

고향 집 거실 서쪽 통창 밖으로 내려다보이는 텃밭은 여전히 한 폭의 풍경화다. 엄마의 따뜻한 기도가 머물러 있는….

[2019.]

한 박자 느리게

6학년 4반에 이르러서 글을 쓰기 시작했다. 습작 수준이지만 어느새 조금씩 나의 일상이 되어가고 있다. 돌아보니 늘 한 박자 느리게 시작하여 여기까지 왔다.

나는 한국전쟁이 끝나고 3년이 지난 해 가을, 천안에서 태어났다. 팔을 벌리면 앞산과 뒷산이 맞닿을 듯 옴팍 들어앉아 하루해가 짧게 머물다 가는 동네다. 윗말, 아랫말, 새뜸이, 갈구리로 나뉘어 불렸다. 마을 앞을 가로지르는 개울을 건너면 작은 초등학교가 있다. 내 눈에는 세상에서 제일 큰 집이었다. 그렇게 크고 멋진 학교가 너무도 신비로워 입학할 때까지 멀리서 바라만 보았다.

어느 날 동네에서 소꿉놀이하던 친구들이 소문도 없이 사라졌다. 초등학교에 입학한 것이다. 하지만 우리 집에서는 아무도 나에게 학교에 가야 한다는 말을 하지 않았다. 또래 중에 나만 못 갔다. 1년을 외톨이로 지내고 드디어 손꼽아 기다리던 입학식이 있는 날이다. 아침 일찍 일어나 누군가 나를 학교에 데리고 가기를 은근히 기대했지만 아무도 학교에 가자는 말을 하지 않았다. 언니들은 일찌감치 학교에 갔고, 어머니는 동생을 데리고 동네 어르신 회갑

잔치에 가셨다. 아무도 없이 혼자가 되었다.

올해도 학교에 가지 못하면 큰일 날 것 같았다. 무작정 신작로를 따라 학교를 향해 걸었다. 정문은 감히 엄두도 못 내고 귀퉁이에 난 샛길로 들어섰다. 운동장 가에 있는 플라타너스나무 뒤에 숨어 한참을 바라만 보았다. 선생님이 내 또래 아이들을 한 줄로 세워 놓고 한 사람씩 이름을 부르신다. 나도 모르게 슬그머니 대열의 맨 뒤에 가서 섰다. 내 앞까지 출석을 부르신 선생님이 출석부를 쳐다보고 다시 나를 쳐다보고 난감한 표정이다. 출석 체크를 다 했는데 남아 있는 아이가 있어 의아했던 모양이다. 이름이 뭐냐고 물으시더니 다시 한번 출석부를 보신다. 다시 몇 살이냐고 물으신다. 9살이라고 하자 학교에 언니나 오빠가 다니느냐고 한다. 언니가 6학년이라고 했더니 언니를 불러왔다. 그날부터 나는 그렇게도 가고 싶었던 초등학교에 입학하게 되었다. 나이가 두 살이나 줄어서 그리되었다는 것을 오랜 시간이 지난 후에 알았다.

6학년 수학여행 때 처음으로 관광버스를 타고 서울 구경을 했다. TV도 없던 시절 서울의 풍경은 경이로움 그 자체였다. 차창 밖으로 스치는 건물에는 색색으로 번쩍이는 간판이 즐비했다. 그림으로만 보던 창경원의 동물들을 마주하자 신기하면서도 무섭기까지 했다. 서울 남산에서 만난 아이들은 딴 나라 사람 같았다. 얼굴이 하얗고 노란 제복을 입은 유치원생들이 인형처럼 예뻤다. 도시의 아이들은 초등학교에 가기 전에 유치원을 다닌다는 것도 처음 알았다. 우물 안 개구리가 따로 없었다.

6학년이 되고부터는 뭔가 분주했다. 중학교 입학 준비를 시키면서 담임선생님은 "혹시 청주나 천안으로 중학교를 보내준다고 하더냐."고 물으셨다. 나는 집에서 그런 말을 나눠보질 못했다. 청주의 외갓집을 몇 번 다녀온 것 외에는 동네 밖에는 거의 나가보지 못한 나로서는, 당연히 언니와 오빠가 다니는 학교에 가야 한다는 생각밖에 할 수 없었다. 객지로 중학교에 진학한다는 건 꿈에도 생각할 수 없는 일이었다.

고등학교 졸업을 앞두고 담임선생님이 예비고사를 보라고 권했다. 하지만 여자가 대학은 무슨 대학이냐며 어머니가 반대하셨고, 그 일로 오빠와 다투는 것을 보았다. 일찌감치 시험을 포기했다. 꿈이 뭔지도 모르고, 꿈을 꾸어보지도 못한 채 준비 없이 고등학교를 졸업했다.

막연히 고등학교를 졸업만 하면 세상이 달라질 줄 알았다. 내 맘대로 무엇이든 할 수 있을 것 같았지만 할 수 있는 게 아무것도 없었다. 몇 개월을 집에서 빈둥대다 담임선생님이 서울의 치과병원에 취직을 시켜주었다. 처음으로 시작된 짧은 서울 생활이었다. 치과 일은 적성에 맞지 않아 한 달 만에 짐을 싸 집으로 내려왔다.

여름이 되자 어머니가 초등학교 앞 큰 밭에 참외와 수박을 심고 원두막을 지으셨다. 그때부터 원두막 지킴이가 되어 날마다 책을 읽는 것으로 시간을 보냈다. 세계문학전집 한 질을 처음부터 끝까지 순서대로 읽고 또 읽었다. 그것이 처음으로 문학을 접하게 된 계기가 되었다.

그 후 직장을 다니기 시작하며 조금씩 문학에 관심을 두게 되었다. 야간으로 문예창작과와 국어국문학과를 졸업했지만 일과 병행

하려니 과제 제출하기에 급급했다. 과목별로 일주일에 한 편씩 시와 소설, 희곡, 시나리오를 써야 하는 과제는 벅차고 고단한 일이었다. 문학은 꿈에 불과한 것 같았다. 결국 문학은 접고 대학원에 가서는 사회복지학을 전공했다. 석사학위를 받고 퇴직할 때까지 맡은 일에만 열중했다.

은퇴를 앞두고 몇 년 전부터 상담 관련 자격증을 따는 데 집중했다. 20여 개의 자격증을 땄고 그것을 바탕으로 야심차게 새로운 시작을 해볼 요량이었다. 퇴직하자마자 한국교육상담협동조합에서 이사로 와달라는 러브콜이 왔다. 새로운 일에 목말라 있던 터에 흔쾌히 일을 하기로 결정했다. 1년을 바쁘게 뛰었다.

체력은 곧 바닥이 났다. 다음 해 연초부터 감기 증상이 한 달가량 길어지더니 대상포진이 오고 말았다.

과유불급이라고 했던가. 나라에서 쉬라고 은퇴 명을 내렸으면 쉬어야 했는데 일 욕심을 내려놓지 못한 것이 화근이었다. 큰 병을 앓고 나서야 뒤를 돌아보게 되었다. 비로소 일 중심으로 살았던 자신이 보이기 시작한 것이다.

지금은 수필교실에서 글을 쓰고 책 읽기를 즐겨 하고 있다. 그동안 잊고 있던 문학, 뒤늦게 찾아온 문학의 길이다. 글을 쓰면서 지난날의 나를 많이 돌아보게 된다.

한 박자 늦게 시작했다고 늘 숨이 턱에 차도록 달려야만 했다. 나를 내려놓고 이제부터 천천히 걸으려 한다. 마음 가는 대로, 지금 이대로 여기를 느끼며….

[2020.]

어머니와 장독대

고향 집 뒤뜰에는 커다란 장독대가 있다. 넉넉하고 단단해 보이는 장독들이 저마다의 생명을 품고 빼곡하게 자리를 잡고 있어 장관이다. 장독대는 어머니의 삶이 녹아있는 유일한 유품의 집이다. 햇볕이 잘 드는 동쪽에 위치해 있다.

예전의 장독대는 물이 잘 빠지도록 작은 돌을 두세 층으로 쌓은 다음 판석을 깔았다. 돌 틈 사이에선 잔디가 삐죽이 웃자라 흙바닥을 따라 길게 뻗어나기도 했다. 크기에 따라 항아리보다 큰 것은 독, 작은 것을 단지라고 불렀다. 어머니는 가장 큰 독에 간장을, 중간 크기의 항아리에는 된장이나 고추장을 담아두었다. 작은 단지에는 막장이나 장아찌, 소금 등이 들어있었다.

가장 아늑하고 신성한 터에 독, 항아리, 단지들이 모여 곰실곰실 햇볕을 받아 마시고 있다.

요즘엔 보기가 쉽지 않지만, 그때는 집집마다 장독대가 있었다. 먹거리가 넉넉하지 않던 그 시절에 장독대는 장 익는 내음과 더불어 그런대로 풍성함과 여유를 갖게 해주곤 했다. 음식을 발효시키고 보관하기 위한 지혜의 결정체였다. 맛과 건강을 동시에 품고 있는 장독대는 우리나라 대표 문화유산이다.

장은 묵을수록 맛있다고 한다. 곰삭은 어머니의 정성이 진하게 녹아있기 때문이다. 그래서 아무리 세월이 흘러도 마음 한구석에는 늘 정겹고도 애잔한 추억으로 다가온다.

어머니는 밥을 지을 때마다 부엌 뒷문을 드나들며 고추장과 된장을 떠 오셨다. 달그락달그락 소래기 여는 소리에 아침이 열리고 하루가 저물었다.

어머니가 먼 길 떠나신 후 기와집을 헐어내고 2층집으로 개축했다. 장독대에도 변화가 왔다. 자연을 닮았던 장독대는 시멘트로 각을 세워 올리고 수평을 맞췄다. 새집을 닮은 양옥처럼 번듯한 장독대에 식구가 늘었다.

새로 만든 장독대에는 크고 작은 항아리들이 키 순서대로 사열

고향집 장독대

을 시작했다. 허물어진 사랑채의 광 속에서 벼와 마른 고추 등을 담는 소임을 맡았던 아름드리 독들이 나와서 장독대의 웃어른으로 맨 뒤로부터 1열에 섰다. 2열에는 팥이나 콩 등 잡곡을 담아두었던 항아리들이 차지했다. 간장이나 고추장을 담았던 장독들은 3열로 서열에서 밀렸다. 소금, 김치 등을 담았던 단지들은 4열에 자리 배정받았다. 꿀단지, 약탕기, 뚝배기 등 자잘한 단지들도 앙증맞은 얼굴로 앞자리에 쪼그려 앉았다.

허물어진 목조건물은 1919년생으로 어머니와 동갑이다. 그곳에서 사용하던 물품들은 어머니와 함께 흔적도 없이 사라지고, 어머니 체취가 남은 것이 항아리들이다.

예로부터 항아리는 재산을 의미하는 것이라고 했다. 나는 오빠에게 항아리를 하나도 버리면 안 된다고 했다. 그것은 재물인 동시에 어머니의 흔적이기 때문이다. 하여 집을 개축하면서 장독대를 넓히고 안채와 사랑채에 흩어져 있던 항아리들을 한곳으로 모아놓은 것이다.

오늘날은 장독대가 사라지고 냉장고에 음식을 넣어 보관한다. 냉장고, 냉동고 쓰임에 따라 한 집에 몇 개의 냉장고는 필수가 된 지 오래다. 최근에는 김치냉장고라는 독이 하나 더 생겨났다. 이는 김치를 숙성시키고 보관하는 용도뿐만 아니라, 식재료를 오랫동안 신선한 상태로 보관하기도 한다.

뒤뜰과 앞뜰의 양지바른 곳에 다소곳이 있던 장독대가 신문명의 탈을 뒤집어쓰고 주방의 중심으로 자리를 옮겨 앉아 거들먹거리며 행세를 한다. 이제 하루라도 그들의 위세를 무시하고는 살 수가 없다. 절절매며 그들 속에 나를 구속시키고 조아리는 형국이다.

가족의 건강한 식탁을 위한 첫 시작은 장독에서 비롯된다. 장 담그기는 한 가정의 가장 큰 행사였다. 거의 모든 집 장독대에는 오래전부터 내려오는 씨 간장을 비롯한 발효식품들이 가득 담겨 있었다. 어머니는 아이들이 장독대 근처에서는 뛰어놀지 못하게 했다. 혹 아이들이 놀다가 소래기라도 깨뜨리는 날이면 하늘이 무너져 내릴 것 같은 한숨을 쉬었다.

장 담그기에 온갖 정성을 다하시던 어머니가 떠난 후, 한동안 올케언니가 명맥을 이어갔다. 아이들이 성장하여 대처로 나가고 식구가 줄어들자 올케언니도 장 담그는 일을 게을리하기 시작했다. 처음에는 격년으로 담그더니 어느 날부터 유명회사 상표를 붙인 고추장이 식탁에 오르기 시작했다. 고추장과 간장 항아리가 주류를 이루던 장독대는 서서히 그 의미를 잃어갔다. 간장도 없고 된장도 없다. 숙성의 기다림 또한 사라졌다. 빈 항아리들만 어머니의 허물인 양 겨우 남아 있을 뿐이다.

어머니는 가을 추수가 끝나면 장독대 뒤에 모셨던 터주항아리 앞에 고사떡 시루를 올리고 집안의 안녕과 자손의 번영을 위해 정성을 들였다. 정화수 한 그릇 떠 놓고 늘 가족을 위한 기도가 머물던 곳이다.

고향 집 장독대에는 지금도 60여 개의 항아리가 빈 둥지로 남아, 잊고 있던 유년의 이야기를 자분자분 들려준다. 오늘따라 장독대에 걸터앉은 가을볕이 어머니의 숨결마냥 따사롭게 나를 안는다.

[2021.]

내 이름 아시죠

설 특집 콘서트를 안방에서 보고 있다. 모 가수가 '내 이름 아시죠'라는 노래를 부르려다 울음이 복받쳐 무대 뒤로 들어간다. 돌아가신 아버지를 생각하며 만든 노래인데 눈물이 날 것 같아서 한 번도 부르지 못했던 노래라고 한다.

"한 글자 한 글자 지어주신 이름/ 내 이름 아시죠/ 가시다가 외로울 때 불러 주세요…."

가라앉은 목소리로 부르는 노래에 주체할 수 없이 양 볼에 눈물이 흘러내렸다. 마침내 '엉엉' 소리까지 내며 흐느끼다 제소리에 놀란 딸꾹질이 그치지 않는다. 내 곁을 떠나신 지 갑년을 넘긴 아버지, 얼굴 모습은 고사하고 목소리조차 기억에 없는 아버지가 사무치게 그립다.

내 나이 네 살 때의 일이다. 그날 우리 집 대청마루에는 이상한 복장을 하고 대나무 지팡이를 짚은 중학생 오빠가 서 있었다. 주변에는 사람들이 허옇게 모여 앉아 웅성거렸다. 그렇게 아버지가 이승을 떠나시던 날, 나는 또래 아이들과 집 안팎의 담장 밑을 뽀로로 돌아다니던 기억이 전부다. 그 뿐이다.

나의 기억 속에 아버지라는 존재는 아예 없었다. 아버지는 살아생전에 다섯째 딸내미 이름을 불러보기는 하셨을까. 나는 초등학교를 졸업할 때까지 아버지의 부재를 알아채지 못했다. 기억에 없으니 원래부터 없는 존재로 여기고 그러려니 살았다.

중학교에 들어가면서 아버지가 없다는 것을 실감하게 되었다. 등위를 다투던 친구는 천안 시내로 중학교를 갔는데 나는 집에서 가까운 학교에 입학해야 했다. 그때부터 힘든 일만 있으면 아버지가 없기 때문이라는 생각에 원망하기 시작했다. 우리 7남매와 어머니, 팔순을 넘긴 연로하신 할머니까지 두고 무책임하게 떠났다고 생각하니 아버지에 대한 미움이 자꾸 커져만 갔다.

허리 한 번 펴지 못하고 집안 대소사를 돌보며 고생하는 어머니, 그 작은 체구를 볼 때마다 나는 아버지에게로 화살을 돌렸다. 어쩌자고 우리만 남겨두고 가셨는지 꿈에라도 나타나면 한번 따져보고 싶었다. 남은 식구들의 고생은 모두 아버지 탓이라고. 아버지에 대한 원망은 남자들에 대한 불신으로 내재되어 마음의 문을 닫아걸게 되었다. 나만의 성을 쌓고 남자를 들이지 않았다.

그러던 어느 날, 쉼 없이 일 속에 묻혀 살던 어머니가 두 번째 뇌출혈로 쓰러졌다. 의식 없이 허공만 응시하던 어머니는 50여 일 만에 말 한마디 남기지 못하고 먼 길을 떠나셨다. 장례에 쓸 어머니 영정사진을 만들면서 앨범 속 아버지 사진을 찾아서 함께 만들었다.

서른아홉의 아버지와 일흔셋의 어머니, 부부가 사진 속에서 나란하다. 영락없는 모자 사이다. 사실이 그랬다. 아버지는 말이 가장이

지 늘 어머니의 그늘에서 당신의 삶만 즐기다 가신 분이다. 경성 유학생, 한량이다. 할아버지가 돌아가시고 고향으로 내려와서도 농사일보다 친구들을 불러들여 대접하는 걸 좋아하여 어머니를 더 힘들게 하셨단다. 어머니의 지난했던 삶을 짐작이나 하셨을까. 그래도 이승을 떠나실 때는 아내와 올망졸망 매달린 7남매 자식들이 눈에 밟히셨을 게다. 어찌 눈을 감고 발걸음을 떼셨을까. 젊은 아버지와 반백의 늙은 어머니, 그 둘의 사진을 보는 순간 그리움이 목에 가시처럼 걸린다. 뜨끔뜨끔 가슴이 저려온다. 나도 모르게 응어리진 한이 돌덩이가 되어 마음의 문을 닫았던가 보다.

가여운 아버지, 나는 그동안 왜 그런 생각을 한 번도 하지 못했을까. 부부가 함께 늙어가지 못하고 영원히 젊은이로 머물러 있는 아버지의 사진을 보고 나서야 자책감과 그리움으로 자리를 잡는다.

아버지를 조금이라도 위로해 드리기 위해서 방법을 찾아보기로 했다. 아니 가시 돋친 내 마음을 풀어내고 싶었는지도 모른다. 무섭고 떨리는 마음으로 혼자서 용하다고 소문 난 무속인을 물어물어 찾아갔다. 사연을 듣고 나더니 젊어서 돌아가신 망자의 길을 닦아줘야 그 혼백에 좋다고 한다. 믿고 한 번 해보라는 말에 이상히 마음이 끌렸다. 돈이 얼마가 들어도 그렇게 해드리고 싶었다. 식구들 아무도 모르게 그곳에서 하기로 약속하고 정해진 날짜에 다시 갔다. 서울에서 내려왔다는 무속인은 하늘에서 내려온 선녀처럼 예쁘고 품새가 위풍당당했다. 믿음이 갔다. 한바탕 응어리진 한을 풀어냈다. 아버지를 위해 한 일이었지만 나의 마음이 한결 편안해졌다. 이제야 비로소 아버지를 진정으로 받아들이고 그 품에 안긴 느낌이다. 아버지는 당신에게 마음 틀어져 있던 딸을 또 얼마나 품어 안고 싶으셨을까.

"아버지, 이제 당신의 딸 이름 크게 한 번 불러 주세요. 내 이름 아시죠?"

사람은 태어나서 스스로 이름을 짓지 않는다. 대부분 부모님이나 조부모님이 좋은 이름으로 지어주시거나 작명가에게 지어오기도 한다. 하지만 지금의 내 이름은 내가 직접 지었다.

"옥희玉姬는 이름이 안 좋다는데 바꿔줘야지"

내 이름에 대해 아버지가 늘 말씀하셨다고 한다. 살면서 고난이 있을 때마다 이름 때문인가? 하고 마음에 걸리던 차에 이름을 바꿔보기로 했다.

작명가를 찾을 수도 없고 '가정의례' 책을 사다 놓고 획수를 맞춰가며 직접 이름을 짓기로 했다. 이름을 지으면서 가장 고민을 한 것은 아버지가 지어주신 이름으로 40년을 넘게 불려 왔는데 음까지 바꾸면 안 될 것 같았다. 생각다 못해 이름은 획수를 중요시하니 한자만 바꿔보기로 했다. 가운데 '옥'은 한자가 많지 않아 고르기가 쉽지 않았다. 옥玉은 그대로 두고 희姬를 희熙로 바꿨다. 옥희玉熙, '옥같이 빛나라' 이름 풀이도 좋고 음이 그대로여서 남들이 알아채지 못한다고 생각하니 그럴듯했다.

개명신청서에 이름에 대한 아버지와의 사연을 적고, 같은 연배인 당숙 아저씨의 인우보증서까지 첨부하여 법원에 제출했다. 무사통과다. 어렵게 생각하고 미루던 개명은 1주일도 채 걸리지 않았다. 마흔을 넘긴 나이에 스스로 이름을 짓고 나니 새로 태어난 것처럼 몸도 마음도 가벼워졌다.

아버지의 유지대로 이름을 바꾼 지 벌써 25년이 지났다.

"내 이름 아시죠?/ 가시다가 외로울 때 불러 주세요. … 꿈에 한 번 오세요."

잔잔히 흘러나오는 노래가 내 마음을 대신하고 있다.

"옥희야! 내 딸 옥희야."

아버지의 음성으로 한 번만이라도 듣고 싶은 이름, 아버지 내 이름 잊지 않으셨죠? 기억에도 없는 아버지가 오늘따라 사무치게 그립다.

"아버지, 꿈에 꼭 한 번 오세요. 그리고 내 이름 한 번 불러 주세요."

[한국수필 당선작 2021.]

거울 속 여행

엄마를 만났다. 희끗희끗 반백의 얼굴로 웃고 있다. 한참을 들여다봐도 역시 30여 년 전, 영면에 드신 엄마 모습이다. 하루도 잊지 않고 그리워하던 엄마가 홀연히 찾아와 거울 속에서 미소를 짓는다. 놀라서 로션을 바르던 손끝이 멈칫한다.

다시 한번 빙긋 웃는다. 역시 소리 없이 웃음 짓는 엄마의 모습이다. 나는 엄마가 소리 내어 웃는 것을 한 번도 본 적이 없다. 웃음소리를 들은 기억도 없다. 엄마는 그렇게 팍팍한 삶을 살다가 떠나셨다.

나는 30여 년 전 하늘나라로 가신 엄마를 늘 어린아이처럼 그리워했다. 다시는 볼 수 없다고 슬퍼하며 눈물로 몇 년을 보냈다. 처음에는 꿈에서나마 가끔 찾아오셨다. 그때도 늘 엄마는 아픈 모습으로 나를 눈물짓게 했지만 깨고 나면 가까이에 있다는 안도감이 들었다. 그래서인지 엄마 꿈만 꾸면 예기치 않던 돈이 들어오거나 좋은 일이 생겼다. 요즘에는 꿈에서조차 볼 수 없어 점점 잊혀가고 있던 참에 엄마의 모습이 보였다. 아니 내 얼굴이다.

거울 속 나를 지우기라도 하려는 듯 칙칙하고 주름진 바탕에 물감을 덧칠하기 시작했다. 스킨부터 선크림까지 기초화장으로 매끄럽게 고른다. 이번엔 퍼팩팅쿠션으로 볼에 나타나기 시작한 검버섯과 눈가의 주름을 촘촘히 눌러 펴본다. 희끗희끗 성글게 내려앉기 시작한 눈발도 솔에 새도를 묻혀 살살 발라 녹여냈다.

나는 엄마가 화장하는 모습을 본 적이 없다. 손에서 버석버석 소리가 나도 흔한 로션 한번 바르는 것을 못 봤다. 그런 엄마에게 바쁜 일상을 접고 화장을 한다는 것은 사치였을 것이다. 언제나 햇볕에 그을린 얼굴은 구릿빛이었다.

가끔 두부를 만드는 날이면 순물에 머리를 감으려고 쪽 찐 머리를 풀고 윗저고리를 벗었다. 그때 드러난 엄마의 하얀 속살을 본 적이 있다. 엄마도 부드럽고 뽀얀 속살을 지닌 여염집 아낙이었음을 그때는 왜 몰랐을까.

엄마가 화장을 한 것은 아마도 혼례식 때뿐이었을 것이다. 갓 스물에 얼굴 한 번 못 본 남자에게 시집가는 날, 엄마는 연지곤지 찍고 분단장을 곱게 했을 게다.

외할아버지는 애지중지 기른 맏딸을 시집보낼 사돈집 근처를 서성이며 몰래 사윗감을 보고 가셨다고 한다. 청주에서 천안까지 발품을 팔아가며 고르고 골라 딸을 시집보내기까지 온갖 정성을 다했으리라. 분단장 곱게 한 엄마는 꽃가마를 타고 가면서 무슨 생각을 했을까.

속 모르는 사람들은 엄마를 부러울 것 없는 부잣집 마님으로 알고 있었을 것이다. 하지만 촌부자는 일부자라고, 연로하신 시어머니 모시고 살림하랴, 어린 자식들 돌보랴 안팎으로 일만 첩첩산중이었을 게다. 머슴을 두고 농사를 지어도 여자 혼자서 감당하기에는 턱없이 부족했을 터다.

젊어서 혼자되었으니 혹여 남에게 얕보이지 않으려고 꼿꼿하게 살다 보니 습관처럼 일만 하였을 것이다. 정해진 규율이라도 이행하듯 스스로를 단도리하며 온몸으로 버텨온 엄마는 일생을 전쟁처럼 살아냈다고 해도 과언이 아니다.

동네 사람들이 마을 어귀 버드나무 아래 모여앉아 더위를 식히던 여름날에도 젊은 과수댁은 바쁜 척 외면하고 지나쳤다. 나무그늘에 앉아 수다 한 번 못 떨어본 그 속은 오죽했으랴. 평생 습관처럼 일만 한 것은 아마도 그런 연유에서일 게다. 그러다 보니 밤마다 끙끙 앓는 소리를 내며 잠을 못 이루는 날이 다반사였다. 나는 그런 엄마에게 제발 일 좀 그만하라고 불뚝불뚝 쏘아댔다. 남들처럼 희희낙락 쉬는 엄마를 보고 싶었나 보다.

내 어릴 적엔 거지가 많았다. 때만 되면 기웃거리는 그들에게도 엄마는 상을 받쳐서 음식을 내어주고, 나그네에게는 사랑방에 여장을 풀도록 돕는 성품이었다. 방물장수가 오면 무조건 팔아줘야 한다는 사명이라도 타고난 것처럼 어려운 사람들의 속내를 잘도 헤아리는 엄마였다.

나의 기억 속에 가장 아름다운 엄마의 모습은 돌아가신 직후이다. 동네 어르신이 염습하려고 자손들을 모두 안방으로 들어오라고 했다. 아랫목을 가렸던 병풍을 접고 하얀 천을 거둬내자 아주 평온한 모습으로 엄마가 누워있다. 일흔세 해 주름진 얼굴은 온데간데없고 맑고 뽀얀 피부에 오뚝한 코, 까만 눈썹까지, 미모의 여인으로 다시 태어난 듯 고왔다. 모진 생을 거두고 나니 천사가 따로 없다. 어떤 화장으로 그 모습을 그려낼 수 있을까. 엄마는 그날 천사가 되어 하늘로 날아올랐다.

덧없는 세월은 변모한 나를 거울 속에서 마주하게 한다. 아침마다 주름진 얼굴에 정성을 다해 그림을 그린다. 아무리 노력해도 그때의 엄마 모습이 그려지지 않는다. 그 삶을 따라 집지 못한 것일게다.

거울 속 엄마를 만나고 보니, 늘 그림자처럼 가까이에 있었다는 안도감마저 든다. 지금 엄마가 옆에 계시면 내 손으로 곱게 꽃단장 한 번 해 드리고 싶다.

[2021.]

꿈은 이루어진다

이삿짐을 정리하다가 고등학교 때 생활기록부를 발견했다. 누렇게 찌들고 얼룩져 바래진 종이 한 장, 그때는 복사기 성능도 좋지 않았고 종이의 질도 지금처럼 좋지 않았다. 금방이라도 바스러질 것 같다. 처음 이삿짐 속에서 발견하고는 신기했다. 언제 무엇에 쓰려고 발급받았는지는 생각나지 않았다.

세 번이나 이사하는 동안 왜 눈에 띄지 않았을까. 이제껏 잊힌 채 어디에 묻혀 있었던 것일까. 포장 이사를 했기에 어디에서 이 물건이 나왔는지 알 길이 없다. 다만 지금 내 눈앞에 빛바랜 얼굴로 나를 올려다보는 것이 신기할 뿐이다.

고향인 천안에서 버스를 타고 출퇴근하는 것에 지쳐, 진천읍으로 이사를 나왔다. 직장생활 시작한 지 10여 년 만에 처음으로 아파트를 분양받았다. 두 번째는 좀 더 직장 가까운 새 집으로 이사하여 18년을 살았다. 그리고 은퇴를 앞두고 여생을 지내야지 생각하고 세 번째 이사를 한 것이다.

손글씨로 정리한 생활기록부를 그대로 복사한 종이에는 학력, 출석, 신체 발달상황 항목 외에도 수, 우, 미, 양, 가로 표기된 성적도 있었다. 그 오른쪽 아래에 나의 눈에 선명하게 들어오는 한 부분이 있었다. '교육자' 학년 초마다 담임선생님이 조사했던 진로 상황이다. 처음 이곳에 시선이 머물렀을 때 나는 깜짝 놀라고 말았다. 헛웃음을 지으며 읽고 또 읽고 몇 번을 읽어봐도 장래 희망은 바로 교육자였다.

1, 2, 3학년을 구분하여 학생의 희망과 학부형의 희망 6개의 칸 안에 글씨체만 다를 뿐 한결같이 교육자라고 쓰여 있는 게 아닌가. '내가 그랬었나?' 기억 속 어디를 뒤져봐도 생각나는 게 없다. 그래도 나의 무의식 속에 남아 그것을 실천하며 살아가고 있었다는 게 신기할 뿐이다.

'꿈은 이루어진다.'고 이렇게 꿈을 이루고자 했던가. 그동안 교육자와는 다소 거리가 먼 직장생활을 하면서 야간이나 주말을 이용하여 꾸준히 공부를 해왔다. 기억 속에 저장된 꿈을 이루기 위해 물오리처럼 물밑에서 열심히 노력한 것이었나 보다.

일반 공무원으로 정년퇴직을 한 뒤, 지금은 초, 중, 고, 대학교에서 학습코칭과 진로코칭 집단상담 수업을 하고 있다. 일반 직장인들을 대상으로 집단상담을 하기도 하고, 방과 후 학교에서 학습코칭 활동을 하고 있다.

생활기록부 진로상황에 기록되었던 교육자라는 과거의 기억이 내 안 어디엔가 웅크리고 있었나 보다. 과거의 기억은 긍정적이든 부정적이든 현재의 나를 있게 한 주춧돌이 아닌가 싶다.

[2019.]

포노 사피엔스

"

이제 스마트폰을 사용하지 않으면

일상생활을 할 수 없을 정도로 의지하게 되었다.

빠르게 변화하는 시대에 발맞춰 따라가는 일은

버겁기도 하지만 생존을 위해 함께 해야 할 길이다.

새로운 문명에 눈높이를 맞춰야 한다.

나 또한 어느새

포노 사피엔스로 진화되고 있는 중이다.

"

포노 사피엔스

새로운 인류가 등장했다. '포노 사피엔스'다. 포노 사피엔스는 스마트폰을 말하는 포노와 호모 사피엔스의 합성어로, 스마트폰을 신체의 일부처럼 사용하는 새로운 세대를 뜻한다. 그래서 포노 사피엔스를 스마트폰이 낳은 신인류라고 한다. 인간의 내장기관 전체를 통틀어 오장육부라고 하면, 이들은 오장칠부를 가지고 있다고 한다. 신인류는 스마트폰이라는 장기를 하나 더 가지고 다닌다는 것이다.

수백만 년간 현생 인류를 호모 사피엔스라고 했다. 하지만 21C 들어서 이제 인간이 만들어낸 포노 사피엔스가 탄생하는 등 인류 역사에 획기적인 변화가 생겼다. 포노 사피엔스는 영국의 경제 주간지 〈이코노미스트〉가 '지혜가 있는 인간'이라는 의미의 호모 사피엔스에 빗대어 포노 사피엔스를 지혜가 있는 전화기라고 부른 데서 나왔다고 한다.

스마트폰을 쓰는 이유는 편리하고 생존에 유리하기 때문이다. 진화의 법칙은 변함이 없어서 사람들이 생존에 유리하게 진화하다 보니 포노 사피엔스가 탄생한 것이다. 이들은 새로운 문명을 흡수

해서 뛰어난 문제 해결 능력을 가졌다.

조선시대 작자 미상의 고전소설 『흥부전』에서 놀부는 오장육부에 심술보가 하나 더 있다고 했다. 소설 속의 놀부가 심술을 일삼아 오장칠부가 있다고 했듯이 현대인들은 스마트폰을 마치 뱃속의 장기처럼 활용한다. 나도 스마트폰이 없으면 금단현상이 일어날 정도로 한 몸이 되어 산다.

아침마다 스마트폰의 알람 소리에 잠에서 깨어난다. 하루의 시작이다. 제일 먼저 스마트폰으로 '기상청 동네예보'를 본다. 요즘은 꼭 봐야 할 한 가지가 더 있다. 미세먼지 수치다. 미세먼지 농도는 좋음, 보통, 나쁨 순서로 파랑, 녹색, 황색으로 알아보기 쉽게 되어 있다. 일기예보에 따라 하루 일정을 잡고, 빨래하고, 옷차림도 결정한다.

내가 잠을 자는 동안 밤새 어떻게 참았는지 눈을 뜨기도 전부터 스마트폰이 먼저 소통하자고 징징댄다. '뭐해, 뭐해!' 카톡이 외쳐대고, '삐리리' 문자가 들어오기 시작한다. '생일 축하' '좋은 글' 등 동영상과 음악까지 한 보따리씩 넣어 보낸다. 개인적인 메시지보다 단톡이나 밴드에서 수다가 심하다.

스마트폰은 일정 관리도 알아서 척척 해준다. 캘린더 앱에 일정을 입력해 놓으면 시간대별로 알려준다. 생일, 결혼식, 장례식 등 대소사도 잊지 않도록 미리미리 신호를 보내준다. 비서가 따로 없다.

그뿐이던가. 사회적 거리두기로 참석 못 하는 지인들의 대소사 축의금까지 스마트폰 모바일뱅크에서 계좌이체로 간편하게 해결할 수 있다. 인사는 따로 전화하거나 메시지를 보내면 된다. 보내는 사람도, 받는 사람도 서운하거나 미안해하지 않아도 된다. 아파트 관리비와 주민세, 지방세 등 공과금도 모바일뱅크가 대행해 준다. 현찰을 찾을 때 외에는 은행에 갈 일이 없어졌고, 지폐를 만져볼 일도 거의 없게 되었다.

동네 마트에서도 날마다 문안 인사처럼 메시지를 보낸다. 첨부된 모바일 전단지를 보고 구입할 물품을 가상의 장바구니에 담아 결제하면 집 앞까지 친절히 배달해 준다.

이제는 가끔 쇼핑을 나가던 백화점 나들이조차 모바일 쇼핑으로 대신한다. 다급해진 백화점들이 비대면 서비스로 고객 모시기에 적극적으로 나서고 있다. 모바일 전단지에서 물품을 고르고, 담당자와 메시지를 주고받으며 구입할 품목을 결정하고 결제까지 하게 한다. 2~3일 후면 고객의 문 앞까지 배달해 준다.

스마트폰 안에서의 문화생활은 무궁무진하다. 스마트폰으로 강의를 듣고 책을 읽는다. 음악을 듣고, 공연과 영화도 본다. 전 세계 곳곳의 관광지가 손 안에서 펼쳐진다. 또 인간의 지능을 능가할 정도로 똑똑해진 스마트폰에서 국어, 영어, 한자사전, 번역기 등을 이용하여 거의 전 세계 언어가 해결된다.

이처럼 인간이 필요한 모든 영역에서 스마트폰이 해결사 역할을 톡톡히 한다.

저장 공간이 방대해진 스마트폰이 사람의 뇌를 대신한다. 사람들이 전화번호를 외우는 건 옛이야기가 되었다. 이제는 가족의 전화번호조차 외우지 못한다. 백 명이든 천 명이든 가나다 순으로 이름이 정렬되어 있어서 필요에 따라 누르기만 하면 된다. 해상도 높은 사진과 동영상도 저장 공간을 걱정하지 않고 저장하고 편집할 수 있다.

요즘 나는 '빅스비'와 대화를 텄다. 빅스비는 인공지능 가상비서로 텍스트와 터치, 음성을 인식하여 스마트폰에서 정보를 검색하거나 응용프로그램을 구동하는 애플리케이션이다. 음성뿐만 아니라 카메라로 사물, 이미지, 텍스트, QR 코드 등을 인식해 유용한 정보를 즉시즉시 제공해 준다.

"내일 날씨 어때?"

"내일은 대체로 흐리겠으며, 최저기온은 15도, 최고기온은 24도로 예상됩니다. 미세먼지는 좋음입니다."

빅스비, 그녀가 상냥하게 대답한다.

"동네 맛집 찾아줘."라는 내 지시에 "마흔 개 이상의 식당을 찾았어요."라고 즉시 대답하고 맛집 장소를 쫙~ 펼쳐 보여준다. 또 "충북혁신도시 관광지 찾아줘" 하면 '구글'을 연결하여 관광지 지도와 이름을 찾아준다. 애매한 질문을 하면 "대답하고 싶은데 알쏭달쏭하네요."라고 대답만 시원하게 잘한다. 아무리 유능한 여비서가 있어도 이렇게 빠르고 정확하고 유머까지 겸비한 서비스는 하지 못할 것이다.

때때로 만남의 장소가 되기도 한다. 카톡이나 밴드로 단체방을 개설하여 친구를 초대한다. 초등학교 동창회부터 사회단체, 취미 동아리까지 모든 모임을 가상의 공간인 이곳에서 끼리끼리 할 수가 있다. 우리 가족 20여 명은 여기서 생일도 축하하고 때로는 꽃과 선물도 보낸다. 일상의 사진까지 공유하며 더욱 친밀해진다. 이곳에서 수다를 떨고 안부를 전하는 것이 일상이 되었다. 의사결정의 장소이기도 하다. 회의 안건을 제시하고 다수의 의견을 물어 간단하게 전자 투표를 하여 결정한다.

이제 스마트폰을 사용하지 않으면 일상생활을 할 수 없을 정도로 의지하게 되었다. 빠르게 변화하는 시대에 발맞춰 따라가는 일은 버겁기도 하지만 생존을 위해 함께 해야 할 길이다. 새로운 문명에 눈높이를 맞춰야 한다. 나 또한 어느새 포노 사피엔스로 진화되고 있는 중이다.

인간미가 없어지는 게 아닌가. 걱정스럽기도 하지만, 이 시대에 태어나 도태되지 않으려고 적극적으로 스마트폰과 더불어 살아가는 나 자신이 대견하기도 하다.

[수필세계 2022. 봄호]

온택트 세배

설날 오후, 오랜만에 마스크를 벗고 온 가족이 모였다. 세배를 하기 위해서다. 어른들은 쑥스러운 듯 카메라 앞에 점잖게 앉아있고 아이들은 시끌벅적 그 어느 때보다 역동적이다. 당연히 오늘의 주인공은 아이들이다.

예년 같으면 설날이니 오빠네 집에 모두 모여서 세배를 드리고 덕담을 나누며 세뱃돈을 주고받았을 일이다. 그렇지만 올해는 코로나19로 인해 정부에서 5명 이상 집합금지 명령을 내렸다. 가족끼리도 5명 이상 모이면 벌금을 내야 한다. 조상 대대로 내려오던 설 명절에 가까운 가족끼리도 만나지 말라는 것이다.

조상께 올리는 제사, 명절에는 더 풍성하게 차례를 모시고 가족이 모여 즐기는 날이다. 조상을 목숨처럼 소중하게 여기고 모시는 일을 하지 말라고 하니, 전통을 고수하던 어른들은 도저히 받아들이기가 힘든 모양이다. 우리 오빠도 마찬가지여서 시골은 괜찮다고 큰소리를 쳤다. 다행인 것은 며느리와 손녀는 빠지고 아들만 오도록 한 것으로 크게 양보했다. 오빠네 딸들도 남편만 시댁에 보내고 아이들과 집에 있는 걸로 조정했단다. 조선시대에도 역병이 돌면 명절에 가족들이 모이지 않았다는 데 지금이라고 별수 있으랴.

할 수 없이 선택한 것이 온택트 세배다. '온택트'는 비대면을 뜻하는 '언택트'에 온라인을 통한 외부와의 연결(ON)을 더한 개념으로 외부활동을 이어가는 방식을 말한다. 코로나19 이후에 사회 전반에서 언택트를 넘어 온택트가 새로운 흐름으로 변하고 있다. 온라인을 통해 각종 강의와 수업을 하고, 전시회나 공연 심지어 모델하우스까지 영상으로 공개한다. 학생이나 유치원생이 있는 집은 영상수업이 보편화되어 온택트 활용이 용이하다.

오빠 부부와 내가 노트북 앞에 점잖게 앉았다. 조카네 여섯 가족이 화면 가득 들어오며 소란스럽다. 모두 스무 명으로 아이가 여덟이다. 천안, 수원, 광명, 오송, 동탄 등 각자의 집에서 새해 첫인사를 나눈다. 큰 조카네 가족부터 일어나서 세배하고 막내까지 모두 끝난 후 덕담을 주고받았다.

그런데 뭔가 허전하다. 특히 아이들의 표정에 섭섭함이 역력하다. 사회적 거리두기가 언제 끝날지도 모르는데 우리는 외상 세배를 받은 셈이다. 아무래도 안 될 일인 것 같아 내가 제안을 했다. 세뱃돈을 즉시 쏠 테니 계좌번호를 올리라고. 아이들이 일제히 환호성을 질렀다. '카톡, 카톡' 계좌번호가 속속 올라왔다. 나는 오빠네 세뱃돈까지 카카오페이로 송금하느라 바빴다.

다음은 조카딸 넷이 모두 작년부터 올해 사이에 이사를 했는데 집들이를 미루고 있었다. 내친김에 온택트로 집구경도 하기로 했다. 큰조카딸이 "여기가 주방입니다. 여기는 안방이고, 여기는 딸 방, 여기는 아들 방이에요."라며 집안 구석구석을 돌면서 영상으로 보여

오빠네 가족들과 설날 온택스 세배 모습

주었다. 차례로 집 구경을 하면서 연발 “예쁘다, 좋다” 하며 모델하우스를 도는 것처럼 모두 재미있어 했다. 온라인 집들이까지 마치고 헤어질 시간이다. 조만간 진짜 집들이에 보자며 크게 손을 흔든다. 만나서 즐거운 시간을 보낼 수 있는 날이 하루빨리 오기를 기원하며 화면 밖 각자의 공간으로 돌아갔다. 순간이동이다.

아무리 재미있어도 이런 명절은 이번이 마지막이기를 바라본다.

[2021.]

2020, 회오리

전 세계가 전염병 공포에 떨고 있다. 신종 바이러스의 역습이다. 문명의 급속한 발전을 이룬 20세기 들어 바이러스의 출연이 더욱 빈번해지고 있다. 전문가들은 동물 서식지가 파괴되고, 박쥐와 모기 등 바이러스를 보유한 동물이 인간과 자주 접촉한 결과라고 한다.

세계적으로 인류의 목숨을 위협한 대표적인 바이러스는 1918년 5천만 명 이상의 목숨을 앗아간 스페인 독감을 들 수 있다. 이후에도 아시아 독감, 홍콩 독감 등이 연달아 출현하여 인류와 치열한 사투를 벌였다. 21세기에 들어서도 사스, 신종플루, 메르스에 이르기까지 변종 바이러스의 공격이 계속되었다.

이러한 신종 감염질환은 한 번 발생하면 급속히 확산된다. 특히 교통의 발달로 국가 간 이동이 빨라지면서 세계적으로 대유행하는 경향을 보인다.

2019년 발생한 중국 우한 발 바이러스가 하늘길을 타고 지구촌을 빠르게 공습했다. 코로나19의 습격이다. 중국과 인접한 우리나라는 연초부터 더욱 긴장감이 감돌기 시작했다. 중국 후베이성 우

충북혁신도시 집 앞 국가공무원인재개발원에 우한교민들 수용

한에서 발원한 바이러스가 우리나라에까지 발을 들여놓은 것이다. 지난 1월 20일 첫 번째 확진 환자를 시작으로 전국적으로 퍼져나갔다. 질병관리본부는 날마다 확진자와 사망자 수를 알리는 뉴스 특보 브리핑을 한다. 긴장의 연속이다.

우한 교민들이 충북혁신도시 국가공무원인재개발원으로 이송된다는 소식을 접하면서 조용하던 동네가 술렁이며 시끄럽다. 바로 코앞으로 교민들이 온다는 소식에 주민들이 반대의 목소리를 높이며 거리로 나선 것이다. 인재개발원 입구에는 밤이 늦도록 '결사반대' 구호를 외치며 도로를 메운 인파로 북적인다. 차량과 농업용 트랙터로 길을 막아서는 소동까지 벌어졌다. 일부 젊은 엄마들은 아이들을 데리고 청주와 인근 도시로 피난을 갔다는 소문이다. 특히 젊은 사람들이 많이 사는 동네라서 더 심각하게 받아들이는 것 같다.

다음 날 새벽부터 창밖에는 50여 대나 되는 경찰버스가 도로를 점령했다. 제복을 입은 경찰들이 차가운 새벽공기를 가르며 줄지어 이동하는 모습이 몸을 더 웅크리게 했다. 정부 고위층들이 진천을 방문하고 우여곡절 끝에 시위 이틀 만에 교민들을 받아들이기로 했다는 소식이다.

'우한 형제님들, 진천에서 편히 쉬다 가십시오.'

격렬히 반대하던 주민들이 정부와 대화 끝에 반대 의사를 철회하고 환영 현수막까지 내건 것이다. 사지死地에서 탈출하듯 조국을 찾아온 교민들을 우리가 보듬자는 막판 시민정신이 빛나는 순간이다.

교민들이 임시 생활시설로 입주하던 날, 방송매체에서는 온 나라가 떠들썩하게 뉴스특보로 생중계를 했다. TV를 보다가 요란한 경적을 울리며 달리는 경찰 사이렌 소리에 창밖으로 눈을 돌렸다. 앞뒤로 경찰의 에스코트를 받으며 동네 앞을 가로질러 국가공무원인 재개발원으로 향하는 버스들이 눈에 들어왔다. 실시간 생방송이 따로 없다.

그렇게 진천을 방문한 교민들이 2주간의 격리 기간을 마치고 떠났다. 한동안 잠잠해지나 싶었던 코로나19가 대구의 신천지교회를 중심으로 전국적으로 무섭게 확산되었다. 날마다 몇 차례씩 중앙재난대책본부와 인근의 지자체에서 '안전 안내' 문자가 날아왔다. 방역 당국의 행정명령 준수 안내와 지자체마다 신규 확진자의 동선을 문자로 보내는 것이다. 신호가 올 때마다 재빨리 버튼을 눌러 확인을 한다. 혹시 동선이 겹치지는 않을까 매번 걱정이다.

7년 전에 보았던 『감기』라는 영화가 떠오른다. 코로나19로 인해 최근 재조명을 받고 있는 영화다. 『감기』는 조류인플루엔자 변종 바이러스의 전파로 발생한 재난을 그렸다. 일상적이라고 여겼던 감기가 가장 치명적인 죽음의 바이러스로 재탄생한 것이다. 호흡기를 통해 감염되고 고열과 기침 그리고 홍반 등을 동반한다는 것을 영화는 담아내고 있다.

동남아 밀입국 노동자들이 한국으로 밀항을 시도하여 평택항에 도착하는 것으로 영화는 시작된다. 호흡기로 감염되고 치사율 100%의 유례없는 최악의 바이러스가 대한민국에 발병하고, 이에 정부는 전 세계적인 확산을 막기 위해 국가 재난 사태를 발령한다. 급기야 도시 폐쇄라는 초유의 결정을 내린다. 피할 새도 없이 격리

된 사람들은 일대 혼란에 휩싸이게 되고, 대 재난 속에서 살아남기 위한 사람들이 사투를 벌인다.

영화 속 대사에 '팬더믹'이라는 단어가 등장했는데 그때는 팬더믹이라는 게 얼마나 무서운 건지 그 심각성을 알지 못했다. 영화처럼 코로나19로 도시가 폐쇄되는 사태까지 가지는 않았지만, 사회적 거리두기 1단계, 2단계를 오르내릴 때마다 국민은 가게 문을 닫고 생업을 포기하기도 했다. 신입생들은 입학식도 못한 채 영상 수업에 이어 1/2, 2/3 등교가 일상화되었다. 모임을 자제하라는 정부의 권고로 관공서의 행사나 회의가 모두 취소되기도 했다. 사회적 거리두기 2단계일 때는 결혼식을 강행하는 경우 49명까지 하객 수를 제한하였다.

코로나19와의 전쟁에서 이길 수 있는 유일한 수단은 사람 간의 거리두기다. 집을 나설 때마다 마스크라는 방패를 장착하고 전쟁터로 나서는 모양새다. 마스크를 쓰고도 사람을 마주치면 불안하여 서로 외면하는 사회가 되었다. 마치 외계인이 세균으로 인간세계를 지배한다는 공상과학영화가 현실이 된 것 같다.

아직은 사람을 매개로 전염되는 눈에 보이지 않는 바이러스를 처단할 방법이 없다. 좀비처럼 어떠한 무기도 뚫고 살아나는 적을 손을 자주 씻고 마스크를 쓰는 것만으로 언제까지 막아낼 수 있을까?

'밥 먹자.' '놀러 와.'

아무렇지 않게 주고받던 일상어가 그리워진다. 팔짱 끼고 희희낙락 부대끼던 그때가 얼마나 소중했는지, 저물어가는 한 해의 끝자락에서 뒤를 돌아본다. [2021.]

생명의 나무

'느린 것을 두려워 말고 멈춰 있는 것을 두려워하라'는 말이 있다. 해가 바뀌고 한 달이 지나도록 나는 깊은 동굴 속 겨울잠에 빠져 허우적댔다. 준비도 없이 출발선에 서버린 듯한 1월이 저물고 한 장의 달력을 넘겼다.

1월은 1년이라는 시간을 정해놓고 새로 태어나듯 계획을 세우고 시작을 해야만 할 것 같은 초조함과 희망이 공존하는 기간이다. 한 해의 농사를 갈무리하듯 동아리 수필집을 완성하고 3주간의 방학 같은 긴 휴식의 시간을 보냈다.

몸도 마음도 가볍고 편안하기만 하던 날들도 잠시, 어느 사이 깊은 병에 걸리고 말았다. 하루 세끼 밥을 챙겨 먹는 기본적인 움직임 외에는 딱히 할 일이 없는 사람처럼 모든 일에서 손을 놓았다. 새해의 다짐조차 할 수 없는 지경에 이를 만큼 생활에 리듬이 깨진 것이다.

영상 수업으로 화면에서 만나던 사람들조차 만날 수 없게 되자 게으름이라는 병에 온몸을 점령당하고 말았다. 글을 쓰기는커녕 읽어야 할 책들이 여기저기서 손짓을 하지만 눈길을 피하며 하루

하루를 보낸다. 새로운 시작을 해야 한다고 생각하면서도 머릿속에서 뱅뱅 돌 뿐, 몸은 이미 편안함에 익숙해져 따라주지 않는다. 나의 존재 의미는 나의 행동으로 만들어진다는 것을 알면서도 메마르고 나태한 몸이 되어버렸다. 마른 가지에 생명을 불어넣으려면 수혈하듯 무엇이든 해야만 했다.

어느 날부터인가. 추스르지 못하는 내 마음처럼 작은 방의 빈 벽이 휑하니 눈에 거슬리기 시작했다. 이사를 하며 들여놨던 갈색 책장이 마음에 들지 않아 이용하지 않던 방이다. 차실로 쓰려고 찻상과 다구까지 들여놨지만 한 번도 이용하지 않았다. 현관 앞에 있어도 그저 무심히 지나쳤다. 눈길을 주지 않던 이 작은방에 변화를 줘야겠다는 생각이 스쳤다. 가라앉아 있는 내 마음에 활기를 불어넣듯 '생명의 나무'를 들여와 빈 벽에 걸었다. 행운을 가져다준다는 당초 무늬의 벽화다.

생명의 나무는 오스트리아 상징주의 화가 구스타프 클림트의 작품이다. '기다림, 생명의 나무, 성취'라는 세 개의 그림으로 연결된 클림트 최고의 걸작으로 평가받는다. 1909년에 완성되었으며 상징적인 회화 장르의 아르누보 스타일로 원작은 오스트리아 응용미술관에 소장되어 있다.

우리 집에 들여놓은 작품은 갤러리랩 방식으로 원본 비율을 유지하며 캔버스에 프린팅한 것이다. 나노입자로 분사하는 피그먼트 기법을 사용하여 100년 이상 보존이 가능한 최고급 프린팅 방식이라고 한다.

찬란한 황금빛 이미지와 화려한 색채의 그림은 긴 나뭇가지들이

작은 방에 들여넣은 생명의 나무(구스타프 클림트 作)

나선형으로 빙빙 돌면서 하늘을 향해 올라가고 있다. 하지만 나무의 뿌리는 단단하게 땅에 결속되어 있다. 하늘과 땅 그리고 지하세계 사이의 연결을 의미한다고 한다. 그 속에는 꽃과 별 등 무수한 요소들이 기다림을 잉태하고 있다.

한참을 들여다보고 있으면 스케치와 구상을 위한 클림트의 메모들을 찾아볼 수 있는 재미도 있다. 소용돌이치는 나뭇가지는 생명의 영속성에 대해 생각하게 한다. 날마다 바라보며 그림에서 내 영혼의 쉼을 찾는다. 나무 속의 다양한 요소들로부터 생명의 순환과 연결이라는 끈을 잡아야겠다.

내가 특별하면 평범한 하루가 좋고, 내가 평범하면 특별한 하루가 좋다고 한다. 평범한 하루를 보내는 나에게 특별한 날이라는 선물을 기대하며 날마다 그림 앞에 선다.

때로는 기운이 아니라 기분으로 살아간다. 기분이 좋아지니 저절로 활력이 생긴다.

[한국수필 2022. 12월호]

코로나 블루

‘코로나 블루’라는 신조어가 생겼다. 코로나19와 우울을 상징하는 ‘블루’의 합성어이다. 코로나 블루는 현재 우리나라 성인 절반 이상이 겪고 있을 정도로 사태가 심각하다. 나도 한때 그 중심에서 허우적거렸다.

국가공무원인재개발원에 수용되었던 중국 우한 교민들이 2주간의 격리 기간을 마치고 떠났다. 잠시 마음에 평화가 깃드나 했는데 나의 공포는 그때부터 시작되었다. 교민들을 태운 버스가 경찰차를 앞세우고 동네 앞을 가로질러 드나들 때부터 마음 한편에 자리한 불안감을 떨치지 못한 탓이리라.

입춘이 지난 지 2주쯤, 차가운 날씨와는 다르게 거실 깊숙이 따사로운 햇살이 반짝이던 토요일이다. 늦은 아침을 먹고 햇볕을 머금은 안마의자에 몸을 맡기고 여유롭게 해바라기를 하던 중 메시지가 왔다. ‘청주 확진자가 3일 전에 진천을 방문했다’는 단톡방 문자다. 가슴이 쿵 소리를 낸다. 장소를 확인하며 나와 동선이 겹치는지 재빠르게 머리를 굴려보았다.

우한 교민들이 우리 동네인 충북혁신도시에 수용되면서부터 조심

또 조심을 했다. 바깥출입을 자제하고 집에만 있었으니 동선이 겹치지는 않는다. 안심이다. 그런데 어제 오후에 우리 집을 다녀간 사람이 생각났다. 그분이 확진자가 다녀간 곳에서 근무한다는 말을 얼핏 들었다. 얼른 휴대폰 버튼을 눌렀다. 가슴이 두 방망이질을 치는 나와는 다르게 별것 아니라는 듯 태연하게 전화를 받는다. 그는 보건소에서 접촉자라고 연락이 와서 검사를 받고 왔다고 한다. 검사 결과가 나오면 꼭 연락을 달라고 신신당부를 했다.

길을 가다가 잠시 마주친 것도 아니고, 우리 집 식탁에 마주 앉아 차를 마시고 이야기를 나눴는데 어떡하지? 접촉자가 마스크를 안 썼다는 생각에 자꾸만 불안이 올라왔다. 다녀간 지 하루가 지났지만, 집안 곳곳에 바이러스가 가득 찬 것만 같았다. 얼른 일어나 현관 입구에 놓아두었던 손소독제를 손에 바르고 물티슈에 묻혀 식탁도 닦았다.

바이러스에는 생강차를 마시면 좋다는 말이 얼핏 생각났다. 생전 처음으로 동네 마트에서 생강을 사다가 차를 끓여 마시기 시작했다. 물을 마시고 싶을 때마다 따끈한 생강차에 꿀을 타서 마시며, 이 정도면 바이러스가 습격했어도 물리칠 수 있을 것만 같았다.

하지만 오후부터 미열이 나기 시작하며 머리가 지끈거리고 목 아래쪽에서부터 잔기침이 올라오기 시작했다. 다음날부터 가슴이 무엇인가 가득 찬 것처럼 답답하고 시리다. 코로나19의 주요 증상인 발열 또는 호흡기 증상과 너무나 흡사하다. 다행히 인후통은 없으나 목이 메말라 말하기가 거북해졌다. 따뜻한 집안에서도 한기를 느꼈다. 겨울 스웨터를 꺼내 입고, 두툼한 목도리를 꺼내 목에 두르고 길게 늘여 가슴까지 덮었다. 꽁꽁 싸맸어도 가슴속이 시린 것은 여전했다. 밤에는 이불 위에 담요를 겹쳐 덮고 자야만 겨우 잠이 들었다.

초조하게 휴일을 보내고 월요일에 동네 병원에 갔더니 '금일 휴원'이라는 문구가 붙어있다. 할 수 없이 약국에서 종합감기약을 사서 먹기 시작했다. 감기약을 다 먹도록 증상엔 전혀 차도가 없다. 점점 불안이 마음을 점령했다. 이런 상태로는 아무 병원이나 가면 안 될 것 같다는 생각이 들었다. 떨리는 마음으로 보건소에 전화했다. 집에 접촉자가 다녀간 자초지종을 말하자 정 걱정되면 와서 검사를 받아보라고 한다.

시간 예약을 하고 집을 나섰다. 추적추적 내리는 비가 선별검사 야외부스를 찾은 내 마음을 눅눅하게 적신다. 보건소 건물 옆에는 두 개의 부스가 나란히 비를 맞고 있다. 을씨년스럽다. 마스크를 쓴 젊은 여자가 부스를 이쪽저쪽 기웃거리다 그냥 돌아간다. 나처럼 두려움에 찾아왔을 거라는 생각에 말이라도 붙여볼 걸 하는 후회가 인다.

보건소 직원이 부스 안에서 투명한 비닐 사이로 이마의 체온을 쟀다. 37.4도란다. 고개를 갸우뚱하더니 바로 옆 부스로 들어가라며 손짓을 한다. 안으로 들어가자 목과 코 안 깊숙이 긴 면봉을 들이밀어 검체를 채집해 통에 넣는다. 다음은 침이 섞이지 않도록 가래를 뱉어 오라며 빈 통을 내민다. 옆문을 열고 들어서니 센 바람이 온 몸을 휘감는다. 소독을 마친 후 다음 공간으로 이동했다. 밀폐된 곳에서 가래를 뱉어보려 했지만 한 방울도 나오지 않는다.

종합감기약을 먹고 있던 터라 그럴 수도 있다고 생각했다.

다음날 기다리던 문자가 왔다. 검사 결과는 음성이란다. 마음은 조금 놓였지만, 증상은 여전히 차도가 없다. 이번엔 검사 결과를 믿고 마음 놓고 다시 동네 병원을 찾았다. 간호사는 한 번 검사를 받은 사람은 음성이라도 진료를 봐줄 수가 없으니 거점진료소로 가라고 한다. 옆에 있던 아주머니까지 여기 왜 왔느냐며 "빨리 가세요."라고 목소리를 높여 재촉한다. 졸지에 코로나19 환자가 되어 쫓겨나듯 병원을 나왔다. 어쩔 수 없이 또 약국에서 종합감기약을 사서 먹었는데도 증상은 여전하다.

지치고 불안한 하루를 보내고 보건소로 전화를 했다. 다행히 보건소로 오라고 한다. 불안한 마음을 잠재우려고 엑스레이를 찍었다. 검사 결과를 본 선생님은 폐가 깨끗하다며 너무 걱정하지 말라고 한다. 감기약을 강하게 처방해 줄 테니 먹어보라고 안심을 시킨다.

5일 동안 보건소 처방 약을 모두 먹었지만 소용이 없다. 다시 다른 약국을 돌아가며 종합감기약을 사다 먹기를 여러 차례, 3주가 지났다. 코로나바이러스가 침범했다면 무슨 일이 났어도 벌써 일어났을 시간이다. 그래도 마음속 깊숙이 자리한 불안감은 여전히 똬리를 틀고 나갈 줄을 모른다. 접촉자도 아닌데 스스로 내 안에 갇혀 아무것도 할 수가 없다. 점점 무기력해지는 자신을 추스를 수가 없다. 사회적 거리두기 3단계가 따로 없다.

어느 구조대원의 말에 의하면, 확진자를 모시러 가면 하나같이 죄인처럼 고개를 숙이고 얼굴을 가리고 나온다고 한다. 그래서 집에서 좀 떨어진 인적이 없는 곳으로 나오라고 하여 남들 모르게 모셔간다고 한다. 그는 죄를 지은 것도 아닌데 고개 숙이지 말고 얼굴을 가리지도 말라고 했다는 것이다. 남의 일 같지 않았다.

코로나19에 걸려 몸이 아프거나 죽을까 봐 걱정이 아니다. 가까운 사람들에게 전파시키거나 '진천○호'라는 이름표가 붙을까 봐 두렵다. 동선이 매스컴에 공개되고 나로 인해 접촉자가 확진자가 된다면 그보다 더 큰 낭패는 없을 것이다. 상상만 해도 두려움을 떨쳐버릴 수가 없다. 방법을 찾다가 아플 때마다 주치의를 자처하며 치료해주던 한의원 원장이 생각났다.

바이러스는 한의학과 전혀 관련이 없다고 생각했지만, 지푸라기라도 잡는 심정으로 원장님께 전화로 문의를 했다. 상담을 마치고 스스로 자가 격리 중이니 한약을 지어 보내달라고 부탁했다.

한약을 받은 지 며칠 후 증상을 묻는 전화가 왔다. 한약을 먹어도 증상이 계속되어 종합감기약을 함께 먹고 있다고 하자, 생강차에 꿀을 타서 마셔보라고 권한다. 그동안 생강차에 밤꿀을 타서 먹었다고 하자, 밤꿀은 효능은 좋으나 알레르기를 일으킬 수 있다고 한다. 원장님의 그 한마디에 정신이 번쩍 들었다. 그러고 보니 접촉자가 다녀간 사실을 안 날부터 거의 한 달을 하루도 빠짐없이 먹었던 밤꿀이 알레르기를 일으켜서 사달이 난 것이다.

모든 증상을 코로나19와 연관 지어 생각하다 보니 다른 원인은 의심조차 할 수 없었다. 나도 모르게 바이러스의 망령에 휘둘렸다. 불안감이 병을 만들었다.

마음과 몸은 밀접하게 연결되어 있어서 불안과 우울감이 신체적 증상으로 나타나기도 한다는 것을 혹독하게 체험한 셈이다. 생활 방역도 중요하지만 그만큼 심리 방역도 중요하다는 것을 새삼 느낀다. 마음은 걱정과 염려를 만들어내는 기계와 같다. 생각이 감정을 바꾸고 행동을 바꾼다. 행동이 바뀌면 삶이 바뀐다. 밝고 긍정적인 생각이 밝은 인생을 이끌어 나갈 빛이 되지 않을까.

[2020.]

We can do it

이른 아침 설레는 마음으로 집을 나섰다. 조조할인 영화를 보기 위해서다. 은퇴 후 3년 차, 이제는 아침 일찍 집을 나서는 것조차 낯설다.

오랜만에 영화관으로 들어섰다. 2년 만이다. 마지막으로 본 영화는 박종철 열사 고문치사 사건을 다룬 영화 『1987』이었다. 상담 스터디 그룹에서 영화 속 인물들의 성격 파악을 위해서였다.

오늘은 수필문학회에서 단체로 영화를 관람하는 날이다. 글을 쓰는 사람들은 문학기행이나 영화 관람 등 글밭을 일구기 위해 글감을 찾으러 나선다. 이번에도 영화를 재미로만 보는 것이 아니라 글감을 하나라도 낚아보려는 마음이 더 크다.

3층 영화관 매표소 앞에는 벌써 회원들이 거의 다 모여 있다. 이른 시간이어서인지, 코로나19 여파인지 아무리 둘러보아도 우리 일행뿐이다. 오늘 영화를 보기로 한 15명은 단체관람 인증샷을 남기고 1관으로 올라갔다. 관람석이 텅 비어있다. 우리가 통 대관한 것 같다. 좌석표 상관없이 각자 아무 곳에나 편하게 자리를 잡고 앉았다. 하루 전날 어느 팬클럽에서 '미스터트롯 더 무비'를 통 대관

해서 보았다는 말을 듣고 부러웠는데, 우리 수필문학회도 통 대관 기분을 내도 될 것 같다. 상영시간이 되자 젊은 남녀 한 쌍이 들어오더니 좌석표를 내밀며 자기들 자리라고 한다. 자리를 내어주고 앞좌석으로 이동했다. 잠시 통 대관 기분을 낸 것만으로 만족이다.

영화는 '삼진그룹 영어토익반'이다. 1990년대 대구에서 실제 있었던 낙동강 페놀 사건을 기반으로 했다고 한다. 페놀 사건과 세계화를 중심으로 전개되는 영화는 시작부터 1990년대 초반의 경제 호황기 상황을 뉴스와 자동화 기계를 통해 보여준다.

내용은 입사 8년 차 고졸 출신 여직원들이 힘을 합쳐서 페놀 방류사건을 파헤치는 이야기다. 외국 자본과 결탁한 경영진이 독극물인 페놀을 고의로 방류한 실화를 바탕으로 했다. 환경문제가 부각되고 경각심을 높이는 고발성 영화지만 분위기는 유쾌하고 경쾌하다.

처음엔 '삼진그룹 영어토익반'이란 제목부터 진부하다고 생각했다. 페놀 사건, 세계화, 내부고발 등 듣기만 해도 무겁고 두려운 말들이다. 하지만 가볍지 않은 문제들을 잘 버무려 무겁지 않게 만들어 재미있게 볼 수 있었다.

주인공들의 업무능력은 베테랑이지만 고졸 출신 여직원이라는 틀로 제복 안에 갇혀 있다. 특히 이자영(고아성)은 실무능력은 뛰어나지만 커피 타기와 청소의 달인이 되어 있는 형편이다. 정유나(이솜)는 뛰어난 아이디어를 가지고 있지만 인정받지 못하고 돌직구를 날려 상사의 질시를 받는다. 심보람(박혜수)은 수학 올림피아드 우승 출신이지만 가짜 영수증을 가지고 가짜 회계장부를 만드는 일을 하고 있다. 하나같이 상고 출신이라는 이유로 능력을 인정받지 못한다.

고졸 직원과 대졸 직원은 옷차림부터 다르다. 고졸 여직원은 단체복을 입고, 커피를 타고, 잔심부름을 하는 게 주요 업무다. 컴퓨터 앞에 앉아서 업무를 보는 남자 직원의 공간과는 확연히 다르다. 여직원은 임신하면 회사를 그만둬야 했던 당시의 사회상을 그대로 보여준다. 성 역할이 구별되는 당시 문화를 단적으로 보여주는 대목이다.

고졸 출신이라는 한계를 뛰어넘지 못하고 있던 입사 8년 차 동기인 말단 여직원들이 삼진그룹 영어토익반에 모인다. 토익 점수 600점으로 대리가 되는 꿈을 이루기 위해서다. 영어회화반인지 토익반인지 알 수 없는 영어 공부하는 것도 우스운 장면이지만 여직원들의 열의는 대단하다.

불가능해 보이는 거대 기업의 비리에 맞서는 싸움에 세 친구는 해고의 위험을 무릅쓰고 고군분투를 시작한다. "아이 캔 두 잇, 유 캔 두 잇, 위 캔 두 잇"으로 회사와 맞장을 뜨는 용감한 세 친구, 결국 기업 사냥꾼을 몰아내고 회사를 지킨다, 토익시험에도 당당히 합격하여 토익반 모두가 단복을 벗어 던졌다. 개성 있는 옷차림으로 자유롭게 마음껏 자신의 업무능력을 발휘하는 것으로 끝을 맺는다.

1990년대에 직장생활을 한 사람으로 여직원들의 애환에 공감 가는 부분이 많았다. 사무실에서 공공연히 담배를 피우던 시절, 여직원은 아침마다 재떨이를 비우고 책상을 닦았다. 남자 직원은 1주일에 한 번 하는 대청소 때 바닥을 쓸고 닦는 것이 고작이다. 나름 역할 분담을 한 것 같지만 지금 생각하니 영화 속 주인공들과 별반 다르지 않았다. 삐삐로 소통하던 시절, 열심히 가지고 다니던 삐삐는 어떻게 했는지 생각조차 나지 않는다. 공중전화 부스도 지금은 어디에 남아있는지 볼 수가 없다. 그때를 알지 못하는 이들에게는 이 영화가 공감을 불러일으키기엔 부족할 것 같기는 하다. 하지만 이런 세대를 거쳐 오늘이 있다는 것도 생각해 볼 수 있지 않을까.

영화에서는 역경을 이겨내는 이들을 응원했고 해피엔딩으로 끝을 맺어 시원했다. 하지만 현재에도 이런 비리를 내부고발하고 파헤치기란 쉽지 않은 일이다. 개인주의가 점점 심해지는 요즘에는 상상할 수 없는 일일 수도 있다. 그런 한편, 정의를 위해 힘겨운 몸짓을 하는 이들이 있어 사회의 질서가 유지되고 있지 않나 싶다.

모처럼 침체되어 있던 일상에서 벗어나 'We can do it'을 외치며 달려보고 싶은 하루다. 못 하는 것 없이 도전하고, 안 되는 것도 없는 내가 되리라 외쳐본다.

[2020.]

뿌리

음력 시월 초여드레, 가을의 뒤안길이다. 아침 일찍 서둘러 선산이 있는 천안으로 향했다. 시향제時享祭를 지내는 날이다. 옛날부터 남자들만의 의식으로 생각하고 내 기억에서 지워진 지 오래된 행사였다.

제주祭主로부터 4대조까지는 집에서 제사를 지내고 그 윗대는 시향제를 올린다. 음력 시월 중 한 날, 각처에 흩어져 살던 후손들이 산소를 찾아 다 같이 제사를 지내는 행사인 것이다. 지역이나 집안에 따라 묘사墓祀, 시사時祀, 시제時祭라고 부르기도 한다. 수십 대를 걸치면서 엄청나게 불어난 자손들이 방방곡곡 흩어져 살다가 모이는 문중의 행사다. 멀고 가까운 일가친척들을 가장 많이 만날 수 있는 기회다.

우리 밀양 박씨 규정공파 문중은 해마다 음력 10월 8일에 12대조부터 5대조까지 시향제를 모신다. 나는 시향제에는 처음 참여하게 되었다. 문중에서는 5년씩 돌아가며 음식을 장만하는데 올해부터 5년간은 오빠네 집에서 준비한다.

하루 전날부터 올케언니와 둘이서 전을 부치고 꼬치를 꿰며 음식을 만들었다. 오빠는 주방을 들여다보며 넉넉히 만들어서 봉송을 싸라고 한다. '봉송'이라는 말에 어린 시절의 기억 한 편이 아스무레 떠오른다.

어렸을 때 나는 몇 년째 친구들이 선산으로 봉송을 얻으러 가는 뒷모습만 바라보다가 언니와 함께 길을 나섰다. 같이 가자는 동네 언니의 부추김으로 용기를 낸 것이다.

시향제를 지내는 날에는 동네에서 올려다보이는 선산이 하얗다. 문중 어르신들이 의관을 갖추고 오셨기 때문이다. 어른들이 산소를 옮겨 다니며 제를 올리는 동안 조무래기들은 산소 제절祭砌 아래로 길게 줄을 서서 기다렸다. 떡을 받겠다고 위로 치켜들고 있는 두 손은 어린 새 주둥이처럼 조바심을 냈다. 몇십 명은 족히 되었지 싶다. 한나절이 기울도록 추위에 떨며 기다리다 보면 배에서 꼬르륵 소리가 나며 멀미가 났다.

차례가 되어 마분지에 대충 싼 떡과 과자를 받으면 누가 더 많은지 은근히 재 본다. 알록달록한 옥춘당 하나라도 더 들어 있으면 그날은 횡재한 거다. 언니와 나는 마분지에 싼 봉송을 주머니에 넣고 집으로 달려왔다. 온종일 콧등이 빨갛게 찬바람을 맞으며 기다렸어도 신나던 하루였다.

할머니가 그런 우리에게 추위에 고뿔 걸린다며 다시는 가지 말라고 하셨다. 동네에서 최고 어른인 할머니 몫으로 으레 한 상 차려 올 것을 알고 있던 터다. 그 후 다시는 떡을 얻으러 가지 않았다. 먹을 것이 없어 달려간 것은 아니지만 동심을 배부르게 해주기 충분했기에 그때를 생각하면 지금도 가슴 싸해지는 아련함이 인다.

올해는 밤부터 비가 내려서 산소에 가지 못하고 집에서 제를 올리기로 했다. 새벽부터 거실에 병풍을 치고 제상을 차렸다. 시간이 되자 문중 사람들이 하나둘 모이기 시작했다. 마침 일요일이었는데도 겨우 여덟 명이 모였다. 60대가 두 명이고 모두 70대, 80대 노인들이다. 이것도 근래 들어 가장 많이 모인 편이란다. 어느 해인가는 아무도 오지 않아 두 명이 지낸 적도 있다고 한다.

제를 올리러 모여들던 문중 사람들도 발길이 끊길 위기에 놓였다. 이제는 시향제 떡에 대한 욕구도 추억도 살릴 수가 없다. 꾸부정한 허리로 힘겹게 제사 음식을 마련하던 집안 여인네들의 모습도 옛 풍경이 되어버렸다.

어린 시절 시향제를 지내던 날이면 그렇게 버글거리던 아이들이 하나도 보이지 않는다. 무엇보다 할아버지들이 들려주는 조상에 관한 이야기를 들어줄 후세들이 시향제에 참여하지 않는다. 문중의 위기며 고향 마을의 서글픔이요, 이 시대 유교 문화의 마지막 보루마저 무너지는 느낌이다.

제일 윗대 조상인 12대조부터 모두 여덟 번을 메와 국을 새로 바꾸어 올리고 절을 한다. 10시부터 시작한 제가 1시간이 넘게 걸렸다. 음복하는 동안 나는 음식을 듬뿍듬뿍 담아 봉송을 쌌다. 커다란 봉지에 사과와 배 등 과일을 반씩 뚝뚝 잘라 넣고 떡과 전도 묵직하게 담았다. 섞이지 않도록 위생 봉투에 각각 싸서 넣고 있으려니 마분지에 여며지지도 않게 싸주던 그 시절 봉송이 자꾸만 눈에 아른거린다.

문중 분들이 돌아갈 때 한 봉투씩 나눠드리니 모두 아니라며 손사래를 친다. 나는 옛날에 산에서 떡 얻어 오던 생각하며 받으라고 한사코 안겨드렸다. 그제야 봉송을 받아들고 다음부터는 싸지 말라며 웃는다.

지금은 윗대 조상들도 한 곳에서 제를 올릴 수 있도록 납골당을 지었다. 종친회장인 오빠가 앞장서서 여기저기 옮겨 다니지 않도록 조성해 놓았어도 문중 사람들은 여전히 관심이 없다. 오빠 혼자서 고향을 지키듯 겨우 지탱하고 있는 형편이다.

언제부터인가 사람들은 멀고 먼 남의 나라 조상은 잘도 섬기면서 직계인 내 조상은 섬기지 않는 사회가 되어버렸다. 뿌리가 송두리째 흔들리고 있다.

가문의 뿌리, 가문의 내력은 족보라는 문서로 전해지지만 딱딱한 게 사실이다. 시향제 자리를 빌려 집안의 선대들이 살아온 삶의 이력을 옛날이야기처럼 구수하게 이야기보따리로 전해지기를 빌어본다. 뿌리 없는 나무 어디 있으랴.

아버지나 할아버지의 입을 통해 그의 어버이들로부터 전해 들은 이야기를, 아들과 손주들에게 대를 물려준다면 이것이 곧 전설이요 역사가 되지 않겠는가. 사람살이의 기본, 그 뿌리를 생각해 본다.

[2021.]

비대면 사회

휴대폰 문자를 보고 바삐 현관문을 연다. 기다리던 물품이 어서 데려가라는 듯 빤히 올려다보고 있다. 네모 상자와 직거래라도 튼 것처럼 얼른 들고 들어온다. '코로나19 관련 안전을 위하여 비대면 배송으로 진행할 예정'이라는 친절한 문자를 받은 터였지만 왠지 허전하다. 초인종 소리에 반갑게 맞이하던 택배기사와의 대면조차 외면해야 하는 비대면 사회가 되었다.

사회적 거리두기 2단계가 또 연장되었다. 중앙재해대책본부에서 밀집, 밀폐, 밀접 장소에 가지 말고, 거리두기를 지켜달라는 문자가 온다. 외지인들을 초대하지도 말고 만나지도 말란다. 집 콕 생활이 점점 길어지고 있다. 그만큼 일상이 바뀌고 사회도 변해간다.

은퇴 후 시작했던 일들도 몇 개월째 쉬고 있다. 문화생활을 자처하며 나가던 도서관 나들이조차 멈추었다. 다중이용시설이 모두 폐쇄되자 도서관에서 하던 프로그램들을 더이상 진행할 수 없게 된 것이다.

그동안 월요일과 수요일에 '인문독서아카데미 소설 읽기', 목요일 오전에 '어반스케치', 오후에 '공감 스피치', 금요일과 토요일에는 '수필교실'에서 글쓰기를 배웠다. 주5일 근무가 무색하도록 누리던 문화생활을 못 하게 되자 금단현상이라도 일어난 것처럼 집안일도 손에 잡히지 않았다.

충북혁신도시 국가공무원인재개발원에서 나라배움터 빌리지 프로그램을 지역주민에게 제공해줬다. 수강 신청을 하면 1,480여 가지의 강의를 골라 들을 수 있다. 올해 상반기부터 시작한 학습은 전자책부터 시작해 다양한 프로그램들로 풍성하다. 평소 읽고 싶었던 책을 찾아 신청하면 '내 서재'에 전자책이 들어온다. 볼륨을 높이고 고운 목소리로 읽어주는 유명작가의 글을 들으며 또 다른 행복을 누린다. 많은 수강료를 지불하고 발품 팔아가며 다녀도 듣지 못할 귀한 시간이다. 비대면 사회에서 이만한 호사가 없다. 하지만 일방적인 강의를 듣고 볼 수는 있지만 서로 소통은 할 수 없는 아쉬움이 있었다.

궁하면 통한다고 했나, 비대면 사회에 적응하기 위해 방법을 모색하게 되었다. 공감 스피치 선생님의 인터넷 강의 제안에 비대면 학습을 시도해 보기로 했다. 먼저 학습 매니저가 보내준 유튜브를 보면서 휴대폰과 컴퓨터에 줌ZOOM과 카톡 프로그램을 깔았다. 처음 하는 일이지만 유튜브에서 자세히 설명해 주니 별문제 없이 프로그램을 깔 수 있었다.

어떻게 진행되는지 궁금하고 설레는 마음으로 수업 시간이 되기만을 기다렸다. 드디어 "메시지가 왔어요." 친절한 메신저의 부름에 휴대폰에서 링크를 클릭해 들어갔다. 선생님의 얼굴이 화면 가득 반긴다. 시공간을 초월한다는 말은 이럴 때 써야 할 것 같다. 서로의 안방에서 얼굴을 마주하며 대화하고 수업하는 신문명을 접할 수 있다는 것이 신기했다. 시간이 가까워지자 반가운 얼굴들이 하나둘 화면 안으로 들어오며 인사를 한다. 동아리 모임이라도 하듯 한동안 시끌벅적 서로의 안부를 묻는다. 소통할 수 있는 공간을 마련했다는 안도감마저 든다. 작은 화면 속 수업은 서로를 더욱 가깝게 하는 친근감이 느껴지고 한바탕 놀이를 끝낸 것처럼 신선했다.

다른 프로그램도 비대면 수업이 가능한 것은 할 수 있겠다는 생각이 들었다. 수필교실 선생님과 시도해 보기로 했다. 선생님은 밴드와 카톡을 통해 회원들에게 전달하고 이틀간의 연습을 마쳤다. 비대면 수업이지만 화면 안에서 서로 얼굴을 보고 대화하며 공부를 할 수 있게 되어 생활에 활력까지 생긴다.

금단현상이 일어날 정도로 힘들었던 시간은 지났다. 하나둘 신문명을 접하며 소통할 수 있는 통로를 찾아간다. 비대면 사회가 길어질수록 또 다른 문화를 만들어가는 사람들이 지혜롭다. 코로나19 백신 개발을 기다리는 것보다 비대면 사회에 적응해가는 것이 더 행복한 하루하루가 되지 않을까.

오랜만에 화면 속에서나마 마스크를 벗고 활짝 웃는 얼굴로 서로 마주 본다.

[2020.]

나의 히어로

나에게 영웅이 나타났다. 어둡고 긴 터널을 지나듯 코로나 블루로 힘들게 지내던 어느 날이다. 우연히 TV 채널을 돌리다 가수 임영웅이 부르는 「바램」이라는 노래를 듣게 되었다. 심금을 울리는 노래에 매료되어 나도 모르게 박수를 쳤다. 가슴이 뻥 뚫리는 것 같은 묘한 느낌을 받았다.

이때 처음으로 '미스터트롯'이라는 프로그램을 알게 되었다. 이리저리 채널을 돌려가며 미스터트롯 본방송과 재방송을 빠짐없이 보는 애청자가 되기 시작했다. 프로그램이 결승으로 치달을수록 더욱더 감성 장인, 영웅의 노래에 그만 풍덩 빠져버렸다. 당시 나락으로 떨어져 가던 내가 할 수 있는 일은 집에서 이 프로그램을 보는 것밖에 없었다. 노래가 나를 살려낸 보약이다.

아무도 없는 집, 나 혼자서 우울하게 지냈던 나날들은 지금도 잊을 수가 없다. 어둡고 긴 터널을 지나면서 위로가 된 것은 오로지 임영웅의 노래뿐이었다. 노래를 별로 좋아하지 않던 내가 노래에, 그것도 트로트에 심취되어 위로를 받을 줄은 꿈에도 생각하지 못했다. 아무리 반복해서 들어도 좋은, 아니 들으면 들을수록 더

청호나이스 비데 메니저에게 받은 임영웅 굿즈

좋아지는 노래의 마력에 마음마저 치료되는 기적을 경험했다. 그는 어느새 내 마음의 영웅으로 자리를 잡고 있었다.

그 무렵 한 통의 전화를 받았다. 비데를 새로 구입할 의향이 있느냐는 것이다. 나도 모르게 "네"라고 대답을 했다. 그동안 나는 청호나이스 비데를 렌털로 쓰고 있었다. 3년간의 렌털 기간이 끝나면 내 소유가 되어 새로 구입하지 않아도 되는 비데를 기꺼이 새로 사겠다고 한 것이다. 깊은 터널 속을 걷듯 헤매던 나의 마음을 치유해준 임영웅이 있었기 때문이다.

청호나이스의 전속모델이 된 그를 응원해주고 싶었다. 거금을 들여 자동차를 바꿀 수도 없고, 비데를 바꾸는 것으로 조금이나마 응원에 동참하고 싶었던 거다. 그것만이 전부는 아니었다. 청호나이스는 내게도 깊은 인연이 있다.

현직에 있을 때였다. 청호나이스 진천 공장에서 지역주민을 위한 김장나눔행사에 초대 받은 적이 있다. 직원들이 직접 담근 김장김치를 지역 저소득 주민에게 지원해주는 행사였다. 공장의 넓은 마당에서 직원들이 두 팀으로 나눠어 김치를 담갔는데, 어느 팀 김치가 더 맛이 있는지 품평회까지 하여 봉사하는 재미를 더했다. 지금은 어느 팀이 이겼는지 생각은 안 나지만, 맛있는 김장김치를 우리 지역주민에게 나눠 주는 뜻 깊은 행사였다. 그때의 따뜻한 기업 이미지로 인해 타사 제품을 사용하던 비데를 청호나이스 제품으로 바꾸어 쓰고 있던 터였다.

상담사가 내 휴대폰에 임영웅이 부른 「바램」으로 컬러링을 한 걸 듣고는 임영웅 팬이냐고 물었다. 그렇다는 대답에 상담사는 '임영웅의 굿즈'를 보내주겠다고 했다. 이런 횡재가 있나. 안 그래도 구하고 싶었던 차에 감격스러웠다. 얼마 후 임영웅표 우산, 부채, 브로마이드까지 한 보따리의 선물을 보내왔다. 뜻밖의 선물에 코로나 블루로 힘들었던 몸과 마음이 말끔히 치유되었다.

태어나서 처음으로 '영웅시대'라는 팬카페에 가입해서 이리저리 기웃거리며 응원을 시작했다. 미스터트롯 콘서트에 가고 싶어서 두 눈을 부릅뜨고 예매를 시도했지만 번번이 실패다. 6학년 5반의 느린 동작으로는 젊은이들의 빠른 손길을 당할 수가 없다. 내가 할 수 있는 일은 여전히 미스터트롯 재방송 보기와 '뽕숭아학당' '사랑의 콜센터' 본방사수다. 물론 감성 장인 영웅의 노래를 듣기 위해서다. 이제는 컴퓨터를 켤 때마다 임영웅이라는 이름을 검색한 후에 다른 일을 시작한다. 새로운 습관이 하나 생긴 것이다.

어느 날 나에게 희망처럼 찾아온 임영웅의 노래, 나의 히어로가 울적해진 마음을 녹여준다. 오늘도 치유의 노래에 몸과 마음을 맡기고 충전을 한다. 울트라 건전지보다 빠른 효과에 빠져든다.

나의 히어로 건행.

[2020.]

누워서 세계 속으로

'누워서 세계 속으로 여행을 떠난다.'

여행을 좋아하는 나에게는 유혹이 아닐 수 없다. 코로나19로 하늘길이 막힌 요즘 편히 안방에서 세계를 여행하는 좋은 기회다.

'걸어서 세계 속으로'라는 TV 프로그램이 있다. 전에는 토요일마다 이 프로그램을 보면서 특별한 지구촌 여행지로 빠져들곤 했다. 다녀온 곳을 다시 보아도 좋고 새로운 곳이면 더 좋았다. 비행기를 타고 직접 관광하는 것만은 못하더라도 영상으로 여행 기분을 낼 수 있어 좋아하는 프로였다.

그런데 요즘 누워서 세계 속으로 여행을 가잔다. 지금은 걸어서도 갈 수 없으니 안방에서 편히 여행을 즐기라는 거다. 모 방송국에서 코로나19로 1년 넘게 해외여행을 갈 수 없는 시청자를 위한 TV 프로그램을 개설한 것이다. 매주 금요일 오전 멋진 영상과 함께 여행가의 설명까지 곁들이니 신박하다. 세계 곳곳을 직접 다녀온 여행 전문가의 설명에 화면 속으로 빨려든다.

여행은 눈으로 보는 것만으로도 신나는 일이다. 패키지 관광을 주로 다녔던 나는 여행가의 발을 빌어 여러 나라의 골목골목을 누비는 재미에 푹 빠졌다. 그는 각각의 나라마다 가볼 만한 여행지를 소개하고 특별한

스페인 구엘공원에서의 필자

축제나 행사까지 챙겨 보여준다. 여행지에서 빼놓을 수 없는 재미는 먹을거리다. 그곳에 가면 이것만은 꼭 먹어보라며 먹는 장면까지 보여주니 침이 꼴깍 넘어간다.

'걸어서 세계 속으로'가 내레이션으로 진행되는 프로라면, '누워서 세계 속으로'는 여행가가 TV에 출연하여 발로 누빈 명소를 직접 설명한다. 아바타를 통해 나의 두 발로 실제 걷는 것처럼 그곳을 보고 듣는 느낌이다. 영상 속 간접 경험만으로도 충분히 행복하다. 아쉽게도 그 코너가 끝나 버렸지만, 한동안 안방에서 누린 해외여행은 코로나19로 인해 답답한 일상에 숨통을 트이게 했다.

내가 처음으로 비행기를 타고 해외 나들이를 한 것은 20여 년 전이다. 2002년 우리나라에서 월드컵이 열렸던 그해 가을, 서유럽으로 배낭여행을 떠났다. 유럽에서 가장 잘 알려진 이탈리아, 프랑스, 영국, 스위스 4개국이다.

첫 해외여행으로 꽤 멀리 날아간 셈이다. 말이 배낭여행이지 오롯이 우리 일행 여섯 명이 일정을 맞춰 승합차로 다닌 알짜 여행이었다. 가는 곳마다 현지 기사와 가이드가 적절히 바뀐다. 나름 최고의 서비스를 받았다. 운전은 지리를 잘 아는 현지인이 했지만, 가이드는 우리나라 사람으로 유학갔다가 아예 눌러앉은 사람이나 유학생이었다.

나의 해외 나들이는 주로 패키지여행이었다. 시간이나 금전적인 여건상 같은 나라를 두 번은 갈 수 없다고 생각하여 골목골목을 누빌 여유가 없었다. 패키지여행은 가이드가 주요 관광지를 뽑아서 친절히 안내하는 것이 대접받는 것 같고 편해서 좋았다. 가장 큰 이유는 해외에 나가면 문맹이나 마찬가지인 언어가 문제였다. 그러니 자유여행은 꿈도 못 꾼다. 가이드의 눈과 입을 통해 보고 듣는다.

최근에 다녀온 곳은 남유럽에 위치한 스페인과 포르투갈이다. 4년 전에 여행했던 멤버 여섯 명이 다시 의기투합하여 스페인을 향해 날아갔다. 스페인은 유럽의 남서쪽 끝 이베리아반도에 있는 나라다. 한때 무적함대로 대표되는 강력한 해양 국가이자 대영제국 이전의 해가 지지 않는 나라로까지 불렸다. 북쪽으로는 프랑스, 서쪽으로는 포르투갈, 남쪽으로는 모로코와 인접하고 있다.

포르투갈은 남유럽 이베리아반도 서쪽 끝에 있는 국가로 수도는 리스본이다. 한국으로부터 가장 이동 거리가 먼 나라다. 우리가 갈 때만 해도 직항 노선이 없어서 스페인을 경유해서 갔다. 시끌벅적한 이미지의 이웃 스페인 문화와는 달리 포르투갈의 전통문화는 차분하고 소박했다. 성모마리아 발현지로 잘 알려진 파티마대성당을 봐도 그렇다.

한국 관광객은 주로 스페인과 연계하여 리스본과 그 주변의 몇몇 관광도시와 남부 해변 정도를 단기로 찾는 편이다. 남유럽이다 보니 따뜻한 바다가 있기에 굳이 인기 관광지가 아니더라도 여름에는 관광객이 구석구석 넘쳐난다고 한다. 바다를 접하고 있는 지역이 많은 만큼 해산물 요리가 발달하였다.

코로나19 이후 2년 만에 특별여행주의보가 해제되었다는 소식이다. 스페인을 끝으로 20여 개 나라를 다녀왔던 해외 여행길이 주마등처럼 스친다. 인도 뉴델리에서 바라나시까지 장장 11시간이나 버스를 타고 달리며 보았던 풍경들, 미국 서부 엘에이에서 라스베이거스로 이동하며 사막을 누비던 장면들이 파노라마처럼 펼쳐진다.

머지않아 자유롭게 하늘길이 열리기를 기대하며 마음이 먼저 미지의 세계로 달려간다.

[2022.]

팬데믹이 준 선물

안방에서 '갈라쇼' 녹화 공연을 방청한다. 방구석 1열이다. 오랜만에 많은 사람과 하나가 되어 신바람이 났다.

어느 날 02로 시작하는 전화가 왔다. 보험이나 보이스피싱, 여론조사 등 귀찮은 전화가 대부분이어서 여느 때 같았으면 받지 않던 번호다. 그날따라 아무 생각 없이 전화를 받다가 얼른 끊으려는 데 상냥한 남자 목소리가 들린다. '미스트롯2 갈라쇼' 방청객으로 당첨이 되었단다. 손꼽아 기다리던 전화가 온 것이다.

나도 모르게 "네, 네" 코맹맹이 소리가 절로 나온다. 수화기 속 남자는 이틀 후에 방송 녹화가 있으니 언택트 방청객으로 참여를 하란다. 결승전 생방송이 끝나고 바로 다음 날 오후 녹화방송이다. 미스트롯2 갈라쇼 장면을 안방에서 관람하는 꿈같은 일이 벌어졌다. 믿기지 않는다.

참여하려면 노트북이나 휴대폰에 '네이버 웨일' 앱을 다운로드 받아야 한다고 친절히 안내해 준다. 참여링크, 아이디, 비밀번호를 메일로 보내준다며, 당일 녹화 시작 1시간 전에 화상 채팅방으로 입장하라고 한다. 무조건 알았다고 '네네' 복창하며 노트북을 꺼내 앱을 깔았다. 내가 들어가기로 지정된 곳은 다섯 개 방 중에 1번 방이다. 언택트 관객은 총 1,500명이란다.

당장 내일이면 미스트롯2 결승 생방송으로 진이 탄생하는 날이다. 나는 '양지은'을 응원하던 터여서 날마다 한 표씩 모바일 투표를 하고 있었다. 그녀는 결승 1차전에서 1위를 하였고, 마지막 2차전에도 진이 되라고 응원의 목소리를 높이던 중이다.

원하던 대로 나의 원 픽은 당당히 진을 차지했고, 갈라쇼에 대한 기대감에 들떠 준비를 시작했다. 생각 같아서는 플래카드라도 만들고 싶었지만, 꾹꾹 눌러 참았다. 대신 진의 왕관을 쓴 사진을 검색해서 컬러로 출력했다. A4용지여서 작지만 피켓처럼 들고 흔들기는 괜찮을 것 같았다. 휴대폰에 전광판 앱을 다운로드 받아서 응원 문구도 만들었다. '양지은' 이름 옆에 ♡를 여러 개 그렸다. 그럴듯하다. 연습까지 마치니 준비 완료다.

당일 오후 일찌감치 새참 같은 저녁을 먹고 서둘러 링크를 클릭하여 1번 방으로 들어갔다. 방은 아직 텅 비어있다. 성질 급한 내가 1등으로 착석이다. 잠시 후, 하나둘 사람들이 들어오고 인사말이 연달아 올라온다.

함성과 함께 화면 가득 모자이크처럼 모니터가 열린다. 나도 화면 속 무늬가 되어 함성을 지르는 대열에 동참했다. 기다림 끝에 빈 무대가 열리고 대한민국의 트롯 딸들이 등장한다. 미스트롯2 종영의 아쉬움을 달래며 화려한 대축제가 열린 것이다. 로열석이 따로 없다. 초대 손님으로 즐기면 된다.

글로벌 트롯 여제 TOP 7과 준결승 진출자 일곱 명이 뭉친 미스

미스트롯2 갈라쇼 녹화 장면 방청

미스트롯2 갈라쇼 방송

레인보우가 함께한다. 초특급 무대가 다채롭게 펼쳐지며 관객들의 눈과 귀를 사로잡았다. 금요일 밤을 화려하게 물들이는 순간이다.

나는 노래하는 가수마다 휴대폰 전광판에 이름을 바꿔가며 열심히 응원했다. 혼자였지만 모니터 속 1,500명 관객과 서로 동화되어 열광하게 된다. 관객의 의무를 다하기라도 하듯 4시간이 넘도록 모니터 앞에 눈과 귀를 모았지만, 피곤하기는커녕 시간 가는 줄 몰랐다. 나도 방청객이 되어 화면 어딘가에 한 조각 차지하고 있겠지만 찾기가 쉽지 않다. 겨우 나를 찾았나 싶으면 카메라가 이동한다. 무조건 사진을 찍어놓고 후에 찾아보기로 했다.

전 시즌을 통틀어 가장 치열했던 진眞의 쟁탈전이 펼쳐진 만큼, 진의 역사를 돌아보는 무대가 마련됐다. 당시 화제가 된 무대도 다시 공개되어 반가움을 더했다. 시청자들이 뽑은 최고의 무대가 이어졌다. 이밖에도 결승전에서 선보인 TOP 7의 신곡과 특별무대를 꾸며 화려한 볼거리를 선사했다. 트롯 여제들의 매력에 흠뻑 빠져든다. 한바탕 웃음바다가 되어 무대가 출렁인다. 방구석 1열의 행운을 제대로 즐기는 날이다.

코로나19 팬데믹은 사회·문화적으로 많은 변화를 가져왔다. 영상회의, 영상교육, 재택근무 등 생활 패턴이 바뀌고 있다. 이런 사회가 만들어낸 공연 문화가 언택트 관람이다. 인생은 새옹지마라고 했던가. 집 콕 생활에 지쳐있던 나도 새롭게 바뀐 문화의 혜택을 받았다. 녹화 현장에 직접 가서 방청하는 것이었다면 꿈도 꾸지 못했을 것이다. 팬데믹이 보내준 선물이다.

[2021.]

시인의 언덕

“

학창 시절 그가 오르내리던 '시인의 언덕'을 올랐다.
그곳은 오랜 세월을 고스란히 품에 안고
인왕의 기슭을 따라 이어지는 자드락길이다.
별을 노래한 시인 윤동주의 언덕과 문학관을 만나는 길은
긴 세월만큼이나 빛나는
'일곱 빛깔 무지개 길'이라고 한다.
무지개 길을 오르며
젊은 시인을 만날 것 같은 착각이 인다.

”

시인의 언덕

10월 초순, 갑자기 뚝 떨어진 기온에 움츠러든 몸을 버스에 실었다. 수필교실에서 서울로 문학기행을 떠나는 날이다. 차창 밖에는 잘 익은 벼가 추수를 기다리며 아침햇살처럼 펼쳐진다. 맑고 청명한 가을하늘 아래 길가의 코스모스꽃들이 바람결에 두 팔을 휘저으며 따라나선다.

출발한 지 1시간 30분여, 첫 행선지인 윤동주문학관에 도착했다. 서울의 중심 인왕산 자락에 자리한 문학관은 아무런 꾸밈없이 아담했다. 구청 공무원의 제안으로 청운동 수도가압장이 문학관으로 변신했다고 한다. 참으로 다행한 일이다. 휴일이어서인지 많은 사람이 방문하여 영상관을 가득 메웠다.

영상 속 시인의 행적을 보며 일제강점기 지식인들의 힘든 삶을 조금은 가늠할 수 있었다. 전쟁 말기의 일제에 '마루타'로 추정하는 생체실험 주사까지 맞으며 옥고를 치르다 비명에 가셨다니 가슴이 먹먹했다. 꺾이지 않고 버틴 선생의 정신이 별빛처럼 영롱하게 남아 사람들을 이곳으로 불러 모으는 것 같다.

마루타는 2차 대전 당시 세균부대 중 하나였던 731부대에서 희

윤동주의 서시 시비

시인의 언덕 표지석

윤동주문학관

문학기행에 나선 수필교실 문우들과

생된 인체실험 대상자를 일컫는다. 일본말로 '통나무'라는 뜻이 있다고 한다. 산 사람을 대상으로 인체실험을 해 악명을 떨친 731부대에서는 1940년 이후 매년 600여 명의 마루타가 생체실험 대상이 됐다. 중국, 러시아, 한국, 몽골인 3천여 명이 희생된 것으로 소련의 일제 전범재판 결과 드러났다.

윤동주문학관은 우리 수필교실 같은 단체 관람객의 인기가 높은 모양이다. 이날도 이곳을 방문한 관람객으로 복잡했다. 안타깝게도 시인의 자료 전시실은 사진 촬영이 금지되어 사진을 찍지 못했다.

윤동주가 연희전문학교에 다닐 때 이 근처에 있는 소설가 김송의 집에서 하숙했다고 한다. 당시 인왕산에 올라 종종 시상을 다듬곤 했다는 것이다. 대표적인 작품들이 그 시절 쓴 시라고 한다.

수도가압장과 시인을 연관시킨 건 좀 생뚱맞아 보이지만, 지난 시대의 건물을 없애지 않고 재탄생시킨 것은 충분히 의미 있어 보인다. 가압장은 수압이 약한 지역의 물살에 압력을 가해서 다시 힘차게 흐르도록 도와주는 곳이다.

그는 살아생전 한 권의 시집도, 문단 활동도 없이 일기 쓰듯 가슴에 이는 감정을 풀어쓴 학생 시인이었다. 한 편 한 편의 시가 모두 일제 말기 지식인의 고뇌와 항일의식, 자기 성찰의 상징이었다. 우리 민족의 영원한 별이다. 그 별빛이 지금 우리에게 펌프질하듯 민족혼을 깨우고 있는 것인가, 부쩍 찾는 발길이 붐빈다.

윤동주문학관은 모두 3곳의 전시관으로 구성되어 있다. 제1전시관은 발자취를 살펴보는 '시인채'다. 시집과 고향 용정에 있던 유품을 전시하였다. 그가 다녔던 연희전문학교(현 연세대학교)에서의 모습을 비롯해 가족사진, 시 초고본, 그리고 죽음에 이르게 한 징역 2년형을 선고받은 판결문까지 삶의 전반적인 모습을 확인할 수 있다. 왼쪽 벽면에는 유고 시집 『하늘과 바람과 별과 시』의 다양한 판본과 외국어 번역본이 전시되어 있다. 그것은 우리나라뿐만 아니라 외국에서도 윤동주의 시가 주목받고 읽혔다는 의미인 것 같아 기뻤다.

제1관을 지나면 '자화상'을 담아낸 제2전시관 '열린 우물'이 있다. 야외전시로 시 자화상에 등장하는 우물에서 모티브를 얻어 용도 폐기된 물탱크의 윗부분을 개방하여 중정中庭을 만들었다고 한다. 저장되었던 물의 흔적이 벽체에 그대로 남아있어 시간의 흐름과 기억의 퇴적을 느낄 수 있다. 중정에는 시인의 시를 소재로 한 시화가 줄지어 이젤 위에서 반긴다.

영상으로 보는 제3전시관 '닫힌 우물'은 물탱크 원형을 거의 그대로 보존해서 만든 장소로 어둡고 눅눅한 느낌이었다. 특히 출입문도 무거운 철문이고 관람객이 앉는 의자 역시 작은 앉은뱅이 의자로 소박함이 묻어난다. 감옥을 연상시키는 음산함을 느꼈으나 영상이 시작되자 그 불만은 사라지고 숙연한 마음이 더하는 것 같았다. 시인은 물탱크보다 더 열악한 환경에서 얼마나 힘들고 괴로웠을까. 얼마나 고국의 하늘이 보고 싶었을까.

영상은 15분 정도의 분량으로 시인의 삶과 작품관, 조국의 독립을 바랐던 마지막 순간까지 담겨있다. 후쿠오카형무소에서 숨을 거두기까지의 사연과 영상의 느낌이 큰 시너지 효과를 발휘해 많은 이들이 더 공감하는 것 같다.

윤동주는 독립의 일선에서 직접적으로 싸운 투사도 아니었고, 당대 유명한 시인도 아니었다. 그런데도 그가 남긴 시에 담긴 민족의 정신과 독립에 대한 열망은 지금도 사람들에게 읽히고 있다. 29세의 나이에 사망했지만 76년이 지난 지금까지 우리의 기억에 살아 있다. 그것은 시어의 의미가 우리의 생활과 밀접한 자연에 닿아 있고, 힘든 삶을 공감하며 위로해주기 때문일 것이다.

문학관을 나와 학창 시절 그가 오르내리던 '시인의 언덕'을 올랐다. 그곳은 오랜 세월을 고스란히 품에 안고 인왕의 기슭을 따라 이어지는 자드락길이다. 별을 노래한 시인 윤동주의 언덕과 문학관을 만나는 길은 긴 세월만큼이나 빛나는 '일곱 빛깔 무지개 길'이라고 한다. 무지개 길을 오르며 젊은 시인을 만날 것 같은 착각이 인다.

언덕 위에는 투구 모양의 커다란 바위에 「서시」가 가을 햇살에 반짝인다.

"죽는 날까지 하늘을 우러러/ 한 점 부끄럼이 없기를,/ 잎새에 이는 바람에도/ 나는 괴로워했다…. 중략. 1941.11.20 윤동주"

굽은 길을 따라 좀 더 오르니 곱게 단청을 한 '서시정序詩亭'이 파란 하늘과 맞닿아 있다. 몇몇 방문객들이 마루에 걸터앉아 가을바람과 마주하고 있다. 주변에는 소나무가 정자를 호위하며 청청하다. 우리 일행은 멀리 정자를 배경으로 시인을 추억하는 사진을 남겼다. 사진 속 여인들의 웃음소리가 인왕산 자락에 펼쳐진다.

시인의 언덕, 맑은 햇살 속에 젊은 시인의 모습이 어른거린다.

[2019.]

포석의 길

'공부는 눈을 뜨는 것'이라고 했던가.

문학으로 본 진천의 역사 인물 상주작가 수업을 듣고 나서야 '포석길'이 보이기 시작했다. 진천군립도서관이 있어서 수시로 드나들던 길이다. 그동안 왜 내 눈에는 이정표가 보이지 않았던 걸까. 처음으로 그 길을 따라 '포석조명희문학관'을 찾았다.

어느 한 장르에 치우치지 않고 모든 장르를 섭렵한 문학인이자, 러시아 땅에 한국문학의 싹을 틔운 망명 작가 조명희 선생을 그곳에서 만났다. 문학관 앞에 우뚝 서서 두 팔 벌린 그의 넓은 가슴을 바라본다. 고향의 품인데 아직도 그의 형상엔 외로움이 묻어있다.

추적추적 가을비가 내리는 을씨년스런 날씨 탓인지 문학관은 인기척 하나 없이 조용하다. 커다란 화살표 방향을 따라 왼쪽으로 천천히 발걸음을 옮겼다. '흔들리는 조선, 암울한 문학' 이라는 타이틀과 함께 갑오개혁과 동학농민운동이 일어난 1894년부터 연대기가 펼쳐진다. 바로 선생이 태어난 해이다.

선생은 진천군 진천읍 벽암리 수암마을에서 4남 2녀 중 막내로 태어났다. 호는 포석抱石이다. 그가 자신의 호를 '돌멩이를 끌어안음' 이라는 뜻의 포석抱石으로 쓴 이유는 조국의 독립이 암담하다고 느끼면서부터라고 한다. 식민지 조국에서 사는 동안 돌멩이를 끌어안았다가 기회가 오면 일제와 한 판 싸워야 한다는 의식을 지니고 있었다는 것이다.

선생은 25세 때 3.1운동에 적극 참여했다가 옥고를 치르고 출옥하여 고향 진천을 떠나 일본 도요대학으로 유학길에 오른다. 이후 귀국하여 잠시 고향에 머물렀으나 34세에 러시아로 망명길을 떠났다. 그의 발걸음은 하바롭스크에서 44세를 일기로 막을 내린다. 너무나 허망하게 소련의 KGB 지하 감옥에서 총살로 끝이 난 것이다.

민중과 함께 한 선생은 한국 근현대사에 우뚝 선 항일 문인이며, 조국을 떠나 망명 생활을 해야만 했던 이방인이었다. 희곡, 시, 소설, 수필, 평론, 번역 등 문학 장르를 모두 섭렵한 한국 근현대문학의 선구자이다. 문학사에서 공인된 세 가지 최초가 있다. 첫 희곡집 『김영일의 사』, 첫 창작시집 『봄 잔디밭 위에』, 첫 망명 작가, 그가 걸어간 길이다.

느린 걸음으로 선생의 굴곡진 44년 여정을 돌아보았다. 고작 전시관 한 바퀴 돌아본 것으로 그의 일생을 다 말할 수는 없지만, 문학인으로서 얼마나 치열한 삶을 살았는지 느낄 수 있었다.

3년 전 러시아 여행길에 들렀던 기차역이 떠오른다. 한국 관광객들이 주로 찾는다는 그곳은, 우리 동포들이 열차를 타고 강제 이주되었던 역사의 현장이라고 했다. 가이드의 설명이 아니었다면 모르고 지나칠 뻔한 허허벌판이었다. 말을 듣지 않으면 가차 없이 죽

조명희 문학관 앞 동상

임을 당해야 했던 아픈 상처가 남은 장소에 서서 그저 가슴이 먹먹하여 아무 말도 할 수가 없었다. 선생이 생사의 갈림길에 섰던 곳이었다고 생각하니 그의 고단했던 길이 새삼 가슴에 와 닿는다.

선생은 아들과 딸 이름을 부를 때면 늘 성과 함께 큰 소리로

“조선인!”

“조선아!”

라고 불렀다고 한다. 조국이 그리워 견디지 못할 때, 고향이 보고파서 가슴이 아릴 때 자신의 아들과 딸의 이름을 부르며 마음을 달랬던 것이다.

이제는 우리가 고향을 그리워하던 선생을 맞이할 채비를 하고 긴 기다림의 시간을 보상해주었으면 한다. 비록 육신은 이국땅에 잠들어 있지만, 고향의 생가터에 남향집 한 채 마련하여 소나무처럼 외로운 그의 마음을 쓸어안아 주었으면 하는 바람이다.

문학관을 나서는 나의 발길에 잠시 잦아들었던 빗방울이 하나둘 따라나선다.

[2020.]

향적봉의 꽃바위

덕유산 정상 향적봉에 꽃이 피었다. 회갑, 진갑 지난 반백半白의 친구들이 모여 향적봉에 꽃을 피워낸 것이다. 단풍잎 곱게 물든 가을이지만 산 정상은 무표정한 바위들뿐이다. 향적봉을 쉽게 오르기 위해서는 곤돌라를 타고 20분이면 설천봉에 이른다. 거기서부터 상제루를 지나 천천히 걸어서 등에 땀이 밸 때쯤 향적봉에 도착한다. 정상엔 사진을 찍기 위한 긴 줄이 늘어서 있다. 편히 올라올 수 있는 곳이다 보니 저잣거리를 방불케 한다.

정상이 1,614m인 이곳은 향기가 쌓여 있는 봉우리라 하여 향적봉이란 이름이 붙여졌다고 한다. 덕유산의 최고봉으로 남한에서는 네 번째로 높은 곳이다. 향적봉에서 중봉에 이르는 등산로에는 주목과 구상나무가 군락을 이루고 있다. 중봉을 거쳐 덕유평전, 무룡산까지 이르는 등산로에는 봄이면 철쭉이 무리지어 핀다. 철쭉이 피는 계절의 풍경도 일품이지만 특히 눈이 많이 내리는 향적봉 일대의 설경은 장관이다. 저만치 바라다보이는 가을이 봄꽃보다 더 진한 단풍으로 온 산을 휘감는다. 마지막 나뭇잎들의 잔치가 흥겹고 눈이 부시다.

설천봉의 상제루는 옥황상제에게 제를 올린다는 의미를 지닌 팔각형 한옥 지붕으로 3층 높이다. 덕유산 무주리조트 공사할 당시 잦은 사고가 나자 상제루를 세워 제를 지낸 후 무탈하게 공사가 마무리되었다는 이야기가 전해진다.

남자 동창생 모임인 '바위'에 여자 동창들이 들어가면서 '꽃바위'라 칭하게 되었다. 전에도 그 친구들과 눈보라 속에 이곳을 올랐었다. 그때는 하얀 눈에 파묻혀 신비롭던 상제루가 훌훌 옷을 벗어 버렸다. 상고대를 즐기기 위해 찾았던 길을 가을에 다시 만난 것이다. 눈길로 이어져 있던 숲길에 계단도 보이며, 크고 작은 잡목이 눈에 들어온다. 가을이라 그런지 전혀 낯선 길로 다가온다. 정상에 오르는 길 중간의 구상나무 앞 전망대에서 바라본 전경은 자연은 거대하고 우리는 작다는 것을 실감한다. 끝없이 펼쳐진 능선과 능선을 따라 가을이 번져가고 있다.

어느새 우리 나이도 가을의 문턱에 들어서 있다. 은퇴하니 시간의 여유는 생겼지만 아름다운 마무리를 해야 한다는 또 다른 숙제를 안고 있다. 60대는 해마다 늙고, 70대는 달마다 늙고, 80대는 날마다 늙고, 90대는 순간순간 늙는다는 말이 있다. 일을 만들기엔 늦은 듯하고, 놀기엔 무료하다.

늙었다고 생각할 나이에 지금 익어가고 있는 중이라고 말하는 친구들이 의기투합하여 뭉쳤다. 주말마다 친구네 다섯 평짜리 '두정도서관'에서 세미나가 있다는 메시지가 온다. 한자리에 모여서 동양화 그림 공부를 하자는 것이다. 자연스레 정담을 나누며 시간을 보내고 맛난 음식을 함께 나눈다. 스트레스를 푸는 데는 제격이고 더

꽃바위 친구들과 향적봉 나들이

없는 휴식이 된다.

봄부터 계절 따라 1박 2일 야외수업을 떠나기 시작했다. 봄에는 조령산자연휴양림, 여름에는 부여 궁남지, 이번엔 덕유산자연휴양림으로 꽃바위 야외수업을 떠났다. 어릴 적 계곡으로 천렵을 떠나듯이 고추장, 된장, 김치, 나물 등 밑반찬을 손에 들고 나타나는 노친들이 고맙다 못해 귀엽다. 밥을 안치고, 고기를 굽고, 걸쭉한 찌개까지 척척 된다. 예전과 다른 것이 있다면 반찬이 다양하고 무엇을 해도 맛있다는 것이다.

오랜만에 만난 친구들이 '향적봉'이라 새긴 바윗돌 주변으로 꽃처럼 피어난다. 인생 하반기를 달리는 친구들의 모임인지라 돈, 명예, 권력, 주변 눈치 다 부질없다. 지금처럼 살자고 주먹 쥐고 "파이팅!"을 외친다.

[2019.]

북촌 한옥마을의 이방인

한글날을 맞아 수필교실에서 서울 나들이를 했다. 북촌한옥마을이다. 내심 고래 등 같은 기와집이 큰 마을을 이루고 있을 것이라는 상상의 나래를 펴고 찾은 터였다. 기와집 용마루라도 보일까 눈을 크게 뜨고 살폈지만, 쉬이 모습을 드러내지 않는다.

우왕좌왕 방향을 잡지 못하고 앞사람 뒤만 따라가고 있을 즈음 한복을 곱게 차려입은 외국인들이 눈에 띄기 시작했다. 가까이에 한옥마을이 있음을 알리는 신호인 것 같았다. 그들이 건너온 도로를 따라 야트막한 집들이 어깨를 맞대고 있는 구불구불 좁은 골목으로 들어섰다. 드디어 높은 담장 위의 기와집들이 멀리 모습을 드러낸다. 거기엔 외국인으로 보이는 사람들이 한복을 입고 사진 찍기에 여념이 없다.

어린아이와 함께 온 중국인 가족, 부부로 보이는 서양인 커플, 단체 관광객들까지 하나같이 한복 일색이다. 이럴 줄 알았으면 한복을 입고 올 걸. 한국인이면서 나도 모르게 도심 속 낯선 이방인이 된 듯 차림새가 부끄러워진다. 드레스코드는 이럴 때 맞추는 건데, 사전지식 없이 따라나선 것이 못내 아쉽다. 다음엔 꼭 한복을 입고

한글날 북촌한옥마을 문학기행

이 거리를 걸으며 양반 여인네 흉내라도 내보리라.

북촌한옥마을은 조선왕조의 두 궁궐, 경복궁과 창덕궁 사이에 위치하여 예로부터 청계천과 종로의 윗동네라는 이름에서 '북촌'이라 불렸다고 한다. 많은 사적과 문화재, 민속자료가 있어 도심 속의 박물관을 방불케 한다. 삼청동길 주변에는 갤러리가 늘어서 있고, 화동길과 더불어 각종 먹거리와 특색 있는 카페가 자리 잡고 있다. 최근에 급속하게 들어선 다세대 주택 때문에 점점 한옥이 사라져가고 있지만, 일부 지역은 양호한 한옥들이 많이 남아있다. 지리적으로 좋은 환경을 갖추고 있는 북촌은 예로부터 권문세가들의 주거지로 자리매김해왔다.

2000년대 이후 주민들의 건의에 따라 한옥 등록제를 위주로 하는 새로운 보존정책을 시행한다고 한다. 한옥 자체의 재건축 및 고급화와 보존 노력이 자발적으로 일어나게 된 것이다. 전통과 근대성이 혼재한 독특한 형태의 건축사적 의의로서도 재조명되고 있다. 주변 인사동과 삼청동 거리가 전통문화예술의 거리로 부각됨에 따라 한옥마을의 명성을 다시 찾아가고 있다.

서울시는 이곳을 서울의 대표 문화관광지로 만들기 위해, 8곳을 '북촌 8경'으로 지정해 방문객을 위한 사진 촬영대를 설치하였다. 한옥 경관과 골목길 풍경이 주로 선정되었다고 한다.

제1경 창덕궁을 시작으로 2경 원서동 공방길, 3경 가회동 11번지 일대, 4경 가회동 31번지 언덕, 5경 가회동 골목길 내림, 6경 가회동 골목길 오름, 7경 가회동 31번지, 마지막 8경은 삼청동 돌계단길이다.

우리 일행 몇몇이 '북촌 최고의 전망대'라는 이정표에 이끌려 발길을 옮겼다. 여닫이 창호문을 활짝 열어놓은 고불서당古佛書堂 옆을 지나 전망대 건물 입구로 들어섰다. 곡선과 직선, 꽃 모양의 기와 타일을 곱게 빚어 붙인 그림 같은 외벽에는 '고불 맹사성 집터'라고 나무에 새긴 현판이 걸려있다.

이곳은 조선 세종 때 좌의정을 지낸 효자요 청백리였던 고불 맹사성의 집터다. 북촌에서 제일 높은 곳에 위치하여 북촌 최고의 전망대로 손꼽히고 있다. 그의 이름을 따서 맹현, 맹감사현이라고도 하며, 퇴청하면 이곳에서 피리 불기를 즐겨하셨다고 한다. 세종대왕께서 스승인 맹사성을 존경하는 마음으로 주무시기 전 침전인 강녕전에서 스승님의 집 창가에 등불이 꺼진 것을 확인하고 주무셨다는 일화가 있다.

전망대는 '동양차문화관'을 겸하고 있는 전망 좋은 찻집이다. 입장료 5천 원을 지불하면 무료로 차를 마실 수 있는 공간이라서 '북촌한옥마을카페'라고도 한다. 1층 내부는 굉장히 독특하다. 카페 이름처럼 뭔가 박물관에 온 것 같은 느낌도 들고 실내가 정말 깔끔하고 조용하다. 북촌한옥마을 뷰를 보기 위해서는 2층으로 가야 한다. 고즈넉한 찻집 분위기인 1층을 지나 바로 전망대가 있는 2층으로 향했다.

전망대는 발품을 팔지 않아도 서울 시내를 웬만큼은 볼 수 있지 않을까 하는 기대감을 저버리지 않았다. 넓은 테라스에는 흰색 파라솔이 종이비행기처럼 뾰족하게 접힌 채 무더운 여름의 노고를 덜고 휴식에 들어 있다. 난간을 따라 긴 탁자에 어울리지 않는 가벼운 철제 의자가 이색적이다. 높고 파란 하늘 아래 탁 트인 시내를 내려다보니 오래된 회색빛 기와지붕들이 어깨를 맞대고 납작 엎드려 있다. 경복궁 일대와 청와대 춘추관, 북촌한옥마을을 한눈에 내려다볼 수 있으니 북촌 최고의 전망대라 할 만하다.

골목길에는 종로구청에서 '이곳은 주민들이 거주하는 지역입니다. 조용히 해주세요.'라고 한국어, 영어, 일본어, 중국어로 쓰여 있는 표지판을 곳곳에 세워 놓았다. 거주민이 많이 눈에 띄지는 않았지만 우리는 표지판의 안내만큼이나 다국적인 거리에서 이방인이 되어 속삭이듯 한국어로 긴 대화를 나누었다.

시간이 과거의 어느 한 지점에 머물러있는 듯한 동네를 걸으면서 나는 내면에 잠재된 또 다른 나를 만난다.

[2019.]

독서왕 이야기길

34번 국도를 따라 네 바퀴가 앞을 다투어 구른다. 길가의 코스모스가 아늘거리며 가느다란 허리를 숙여 인사를 건넨다. 승용차 안 네 여인도 엉덩이가 들썩인다. '솔' 톤으로 올라간 목소리가 가을바람처럼 차창 밖으로 시원하게 날아오른다. 마음은 벌써 '문학공원 이야기길'을 달린다.

청명한 가을날 아침, 독서왕 김득신 선생을 만나러 길을 나섰다. 작년에 이어 두 번째다. 지난해 가을에는 '김득신 문학관'을, 이번에는 '김득신 문학공원'을 찾아 나선 길이다. 드넓은 초평호를 끼고 달려 2개의 터널을 통과하니 금세 증평에 다다른다.

김득신 선생은 조선 중기의 문인이자 시인으로 자는 자공子公, 호는 백곡栢谷이며, 본관은 안동이다. 조부가 임진왜란 당시 진주목사로 진주성 대첩을 이룬 김시민 장군이다.

선생은 어려서 천연두를 심하게 앓아 머리가 아둔해졌다고 하나, 부단한 노력을 통해 59세에 문과에 합격하여 성균학유로 본격적인 벼슬살이를 시작했다. 80세에는 종2품 가선대부에 이른다. 남들보다 부족한 기억력과 모자람을 벗어나기 위해 몇천, 몇만 번을 읽었

김득신 문학공원

김득신 시비

다. 되풀이해서 글을 읽는 공부 방법은 자연스럽게 김득신을 독서광으로 만들었다. 정독과 반복이 공부에서 얼마나 중요한지를 보여준다. '책 일만 독 미만은 말하지 않았다.'라는 선생은 사기 '백이편'을 11만 3천 번을 읽었다고 한다. '눈이 책을 뚫었다. 책마다 구멍이 뚫렸다.'라고 세상 사람들이 말하였다. 과연 독서왕이다.

선생은 어느 독서광의 일기, 공부벌레 김득신, 우둔한 노력으로 이룬 꿈, 조선 후기 시인 백곡 김득신 등으로 TV 프로그램에도 다양하게 소개되었다. 또한 고등학교 교과서 국어, 한문I, 독서와 문법II 등에도 등재되었다. 이렇게 17세기 대표 시인으로, 국문학사에 많은 영향을 끼친 인물로 대기만성형으로 알려진다. 한문 4대가 중 한 사람인 이식 선생이 당대 문단의 1인자라고 김득신 선생을 평가하기도 했다.

그리 멀지 않은 곳이지만 김득신 문학공원은 처음이다. 일명 '별천지공원'이라고도 불린다. 내비게이션만 믿고 달리던 차가 길가에 있는 공원을 그대로 지나쳤다. 언제나 믿음직스럽게 길을 안내하던 '내비아가씨'도 오늘은 가을빛에 취한 모양이다. 다시 돌아 나오다보니 길가에 문학공원이 보인다. 삼기저수지를 지나 율리 휴양림 쪽으로 접어들면 '김득신의 이야기길'이라는 커다란 팻말이 있는데, 초행길이라 못 보고 지나친 거다. 그러고 보니 예쁜 표지판도 담벼락에 걸려있다. 아는 만큼 보인다는 말이 실감 난다.

김득신 문학공원은 선생의 이야기로 가득하다. 갓을 쓰고 앉아서 커다란 책을 펼쳐놓고 있는 조형물은 언뜻 보아서는 꽃으로 장식한 집처럼 보인다. 여백의 미가 신박하다. 그 앞에 우뚝 선 조명

등도 '김득신' 세 글자로 모형을 만들었다. 공원 안내도에는 선생이 책 모양의 모자를 쓰고 앉아서 글을 읽고, 손가락을 들어 우리를 안내한다. 평일이어서인지 조용하다. 오늘은 우리만의 공원이다. 마음까지 한가롭다.

증평에서 사는 문우가 소식을 듣고 단걸음에 달려오셨다. 문우의 안내에 따라 길을 건너니 '백곡 김득신의 독서 이야기 20선'이 우리를 반긴다. 하마터면 모르고 지나칠 뻔한 소중한 자료다. 별천지공원 바로 건너편이다.

'반갑네! 내 이름은 김득신일세.'로 시작하는 스무 개의 이야기판은, 선생의 일대기를 만화로 소개하여 누구나 친근하게 다가갈 수 있도록 만들었다. 죽어서도 고향 증평의 홍보대사가 되었다는 선생의 말씀은 '부지런히 책 읽고 열심히 공부하기 바라네.'로 끝을 맺는다.

시골집 담장 같은 게시대 한쪽에는 호박넝쿨이 휘감아 오르고, 앞에는 붉게 핀 맨드라미가 탐스럽다. 그 옆으로 아직 터지지 않은 국화꽃 봉오리가 탐스런 가을을 잉태하고 있다.

좀 더웠지만, 전방 400m 멀지 않은 곳에 묘소가 있다는 이정표를 보고 한번 가보기로 했다. 황토를 섞어 쌓은 붉은 돌담길을 따라 선생의 묘소로 향했다. 철재로 만든 노란색 하수구 뚜껑과 보도블록이 '독서왕 김득신 이야기길'이라는 문양으로 길을 안내한다. 자분자분 이야기길 따라 산길로 접어드니 제9경에 위치한 '스탬프 투어 김득신 묘소' 우편함이 보인다. 스탬프 투어로 소개하고 싶은 증평의 명소인가보다.

통나무를 걸쳐 만든 나무계단에 올라서자 깔끔한 기와지붕 담장에 선생의 일대기를 소개하는 글과 그림이 반긴다. 오른쪽으로 '밤티골'이라는 선생의 시비가 있다. 그러고 보니 이곳이 증평읍 율리다. 예로부터 밤이 유명하여 이름 지어진 마을이란다. 선생의 묘소 옆 밤나무에서 실한 알밤을 쏟아낸다. 두 손 가득 무르익은 가을을 주워 담았다.

선친의 묘소 아래에 커다란 봉분으로 남아있는 선생께 반 배로 인사를 올렸다. 선생의 뜻에 따라 부지런히 책을 읽고 공부해야겠다는 마음속 다짐이다.

[2022.]

간송의 보물을 다시 만나다

아리랑고개를 넘었다. 고갯길엔 영산홍이 발그레 봄 햇살을 머금고 함박웃음이다. 오랜 기다림 끝에 보물을 찾아 나선 길은 그렇게 따뜻했다.

7년 전에 간송미술관에서 전시회가 있었지만 놓친 것이 못내 아쉽던 터였다. 이번에 전시회가 있다는 반가운 소식을 접하고 단숨에 예약을 마쳤다. 지금은 퇴직하여 시간적인 여유가 있어서 평일로 예약하니 모든 게 일사천리다.

돈암동에서 정릉동으로 넘어가는 고갯길, 일명 '아리랑고개'는 구불구불 가파르다. 차 속에서도 숨이 찼다. 아리랑고개를 넘어 작은 골목길로 들어서니 마치 옛날 학교 교문 같은 입구가 나온다. 생경하다. 이어서 왼쪽 언덕 위에 아담하고 하얀 집이 보인다. 건물 곳곳에서 느껴지는 세월의 흔적들. '간송미술관'이 긴 역사의 흔적을 고스란히 입고 서 있는 것이다. 80년 넘게 소중한 우리 문화재를 지켜온 산 증인이다.

성북초등학교 주변이 오랜만에 북적인다. 현재의 모습으로는 이번이 마지막 전시회라고 하니 더욱 마음이 설렌다. 이제 추억이 될 현재의 모습을 기억 속에 담뿍 눌러 담고 싶다.

간송미술관은 한국 최초의 근대식 사립미술관으로 간송 전형필 선생이 건립했다. 건립 당시 이름은 '보화각'이었다가 1972년 지금의 간송미술관으로 명칭이 바뀌었다.

미술관을 건립한 선생은 일제강점기부터 한국전쟁을 거치면서 한국 문화유산의 수호자 역할을 한다. 우리나라 역사상 가장 유명한 미술 수집가 중 한 명이기도 하다. 도예, 회화, 고서 등 6세기부터 20세기 초반에 걸친 한국의 고미술품과 서책으로 구성되어 있어서 더 놀랍다. 문화를 통해 우리 민족의 정신을 지킨다는 건립 이념으로도 유명하다.

대표 소장품으로는 국보 12점, 보물 32점, 서울시 지정문화재 4점 등 수많은 중요 문화재들이 포함되어 있다. 그중에는 한글의 창제원리가 학술적으로 규명되어 유네스코 세계기록문화유산에 등재된 '훈민정음 해례본'이 있다. 국보 제70호다. 한글의 과학성과 독창성을 입증한 것이다. 이 외에도 한국 문화사, 미술사를 대표하는 작품들이 다수 포함되어 있다. 국사 교과서에 등장하는 귀중한 가치를 지닌 문화재의 상당수가 여기에 있다. 이름만 들어도 어마어마하고 진귀한 작품들이다.

일찍이 귀한 문화재를 알아본 선생은, 당시 기와집 10채를 살 수 있는 거금을 주고 훈민정음 해례본을 구입하여, 잘 때도 베개 밑에 베고 자고, 피난 시절에는 가슴에 품고 다녔다고 한다. 나라의 문화재를 지키기 위해 전 재산을 쓰고 일생을 바친 선생이다.

'보화 수보–간송의 보물을 다시 만나다'

간송미술관 전경

미술관 뒤에 자리한 간송 흉상

간송미술관 2층 빈 전시실

보화는 보배로운 정화, 수보는 '낡은 것을 고치고 덜 갖춘 곳을 기우다.'라는 뜻이라고 한다. 그래서 이번 전시는 비지정 문화재를 보존 처리한 작품이 전시되어 있다. 우리가 익히 아는 작품들도 있지만 새롭게 알게 된 작품들도 있었다. '설명 교육 프로그램'도 운영되고 있었지만 매진되어 예약할 수가 없었다.

7년 만에 연 이번 무료 전시회에서는 2년에 걸쳐서 오래된 작품을 복원한 서른두 점을 만날 수 있었다. 1층 전시 공간이 작아서 예약 시간별로 입장을 시킨다. 소수의 사람이 동선을 따라 숨소리조차 들리지 않을 정도로 천천히 움직인다. 사진 촬영이 금지되어 있어서 눈으로 꾹꾹 눌러 담으려는 것일 게다.

2층 전시실에는 텅 빈 진열장만 남아있었다. 진열장은 모두 비어 있었지만 그 자체로 문화유산의 공간이다. 예전에 전시했을 보이지 않는 작품들을 상상으로 채워주는 느낌이었다.

관계자 한 분이 입구에서 미술관은 이번 전시를 마지막으로 보수 정비에 들어간다고 설명을 했다. 전시 공간 한쪽에는 '흐름, 간송, 보화각'이 기록된 순간에 관한 이야기가 영상으로 나오고 있다.

2층에서 내려와 밖으로 나오던 발걸음을 돌려 다시 1층 전시실로 들어갔다. 손으로 만질 수도, 사진을 찍을 수도 없는 보물은 오롯이 마음속에 간직해야만 했다. 자세를 낮추고 뚫어지게 바라본다. 한 점 한 점 눈으로 사진을 찍듯이. 그렇게 보물은 아주 작은 미술관에서 가장 귀한 자태로 보답하고 있었다. 봄의 선물처럼.

미술관 후원에는 아직도 간송 선생의 흉상이 봄빛에 반짝이며 든든하게 자리를 지키고 있다. 새하얀 영산홍이 병풍처럼 둘러있다.

옥양목 빛 그 청초함이 선생의 높은 뜻을 더욱 빛나게 한다.

보수공사가 끝나면 어떤 모습으로 바뀔지 궁금해진다. 그때는 보고 싶을 때 자유롭게 볼 수 있는 미술관으로 운영되었으면 하는 바람이다.

[2022.]

식파정 가는 길

여름의 시작, 6월이다. 맑은 날 오후 문우들과 진천의 명소 식파정으로 향했다. 34번 국도에서 사송리 방향으로 들어서자 사정교 못 미쳐 갈색 이정표가 보인다. 초행길이라 목을 길게 빼고 찾던 차에 말로만 듣던 '식파정' 세 글자가 반갑다.

주차장은 따로 없고 길가에 차들이 주차되어 있다. 나도 그들처럼 길 가장자리에 차를 세웠다. 도로가 넓어서 다행이다.

초입부터 오르막길이 우리를 맞이한다. 한여름이 무색할 만한 더위로 약간의 비탈길에도 숨이 턱에 찬다. 언덕에 올라서자 오솔길 따라 숲이 우거졌다. 초록 바람이 시원하다. 비포장 숲길이어서 운치가 있다.

식파정은 광해군 8년 이득곤이 세운 정자다. 공은 혼탁한 정쟁이 싫어서 고향에 내려와 정자를 짓고 은거하며 학문에 정진하고 후진 양성에 힘썼다고 한다. 학문을 좋아하여 여러 학자와 친교를 하였으며, 이름이 알려지자 석학들이 찾아들었다. 경관이 뛰어나 선현들이 많은 시를 남겼는데, 지천 최명길, 우암 송시열, 봉암 채지홍 등 이름 높은 이들의 시문이 전해지고 있다.

식파정

공의 호를 따서 이름 지은 식파정은 말 그대로 '물결도 쉬어가는 정자'라는 뜻으로 마음의 물결을 잠재운다는 의미를 지녔다. 호를 식파정이라 한 것은 세상사에 휘둘리지 않겠다는 공의 의지가 담겨 있음이다.

식파정은 원래 두건리 앞 냇가에 세워졌는데 고종 30년 후손들에 의해 중건되었다. 그 후 백곡저수지 건설로 인하여 마을이 수몰되면서 수차례 옮겨지며 현재에 이르고 있다.

솔바람에 취해 10여 분 걸었을까, 솔숲 사이로 언뜻언뜻 파란 물결이 보이기 시작한다. 곧 그가 나타날 것만 같아 가슴이 두근댄다. 작은 언덕에 올라서자 시야가 탁 트이며 소나무 사이로 새초롬한 팔작지붕이 보인다. 반가워할 새도 없이 멈칫 발길이 머문다.

그도 우리처럼 마스크를 쓰고 있다. 빨간 테를 두른 마스크를 쓰고 외부인을 거부하는 몸짓이다. 가까이 가서 보니 '시설물 인근에서 야영 및 취식 행위를 금지한다.'는 경고문이다. 마음의 물결조차 잠재우고 싶었던 공의 마음을 아는지 모르는지, 볼썽사나운 짓을 하는 사람들이 이곳까지 찾아드는 모양이다.

사람들이 마스크를 쓰는 일이 일상이 되다 보니 말 없는 정자까지 마스크를 썼다. 일부 몰지각한 이들을 향해 항변하려는 모양새다. 사람들이 코로나19와 힘겨운 싸움을 하는 사이 정자는 야영객들과 힘겨운 싸움을 하고 있었다. 청정지역인 이곳은 그들이 바이러스나 다를 바 없다. 씁쓸하다.

그 시절 공의 눈을 빌려 경관에 취해보려 나는 신을 벗고 정자에 올랐다. 내부 천장에는 옛 선현들의 제영이 가득하다. 시문을 올려다보며 진즉에 찾아오지 못한 것이 못내 아쉽다. 제대로 풍광을 조망하기 위해 저수지 쪽을 바라보았다.

이곳도 또 하나 커다란 경고문이 앞을 가려 푸른 물결을 볼 수가 없다. 정자에 앉아 잔잔한 물결을 벗 삼아 고요한 운치를 느껴볼 사이도 없이 답답함에 숨이 막힐 것 같다. 입을 막고 눈을 가리고 어쩌란 말인가. 머리를 한 대 얻어맞은 것 같다. 이것이 고요하고 아름다운 백곡저수지를 품은 식파정의 현주소다.

아쉬움을 뒤로 하고 정자에서 내려와 아치형 작은 나무다리를 건너 식파정이 있었던 옛터로 향했다. 빈터에 잡풀만 드문드문 허전하기 이를 데 없다. 좌우를 살펴보니 저수지의 푸른 물이 파노라마처럼 빙 둘러있다. 눈을 감고 물안개가 피어오르며 새소리 울려 퍼졌을 그때를 그려본다. 넓은 저수지를 앞마당처럼 조망했을 식파정 풍광을 상상만 해도 가슴이 벅차다.

이곳에 정자를 지었던 이유를 알 것 같다.

잠시 마음의 물결을 잠재우고 돌아오는 길이다. 일행을 따라 왼쪽의 수변 길로 접어들었다. 저수지 푸른 물결을 조망하는 숲길이다. 초록 그늘이 무성한 수변을 따라 걷는 길은 바람조차 싱그럽고 또 다른 재미가 있다. 구불구불 한참을 걷다 보니 잘 정돈된 나무 데크길이 나온다. 그 길을 따라 작은 언덕을 넘어서자 조류 관찰대가 보인다.

앉아서 쉬어갈 수 있는 쉼터처럼 조성하여 저수지 쪽으로 창을 내었다. 쇠오리, 흰뺨검둥오리 등 조류의 사진과 이름을 붙여놓아 누구나 찾아보기 쉽게 해놓았다. 새들의 움직임을 은밀하게 관찰할 수 있도록 두꺼운 나무 벽 사이로 난 창을 통해 펼쳐진 호수를 본다.

겨울 철새는 고향으로 돌아가고 대신 선착장엔 오리배가 한가롭게 호수를 지키고 있다. 저 멀리 사정교가 보인다. 우리가 식파정을 향해 출발했던 바로 그곳이다. 식파정 둘레길을 한 바퀴 돌아오자 오랜 숙제를 마친 듯 몸과 마음이 가볍다.

진천군에서는 2025년까지 백곡저수지 일원에 역사와 문화, 자연생태, 체험활동을 아우르는 '국가생태탐방로'를 조성할 예정이라고 한다. 탐방로는 물안뜰길, 사정길, 참숯길, 식파정길, 물맞이길, 살구물길로 꾸민다. 주변 마을과 관광지 이름을 딴 여섯 개 탐방로에는 생태산책로, 수변 데크길, 휴게소, 전망대, 쉼터, 정원 등을 조성한단다.

반가운 소식이다. 살아 있는 자연경관과 더불어 마음을 편히 쉴 수 있는 곳이 많이 생긴다는 것은 그만큼 여유를 가질 수 있다는 것 아닌가.

진천 지역을 대표하는 정자 식파정이 앞으로도 청정함을 훼손하지 않고 그 정체성을 유지해 갔으면 좋겠다. 물결이 쉬어가듯 욕망을 잠재우고 마음을 정갈히 맑힐 수 있는 곳으로 머물러 주길 기대하며 돌아오는 길, 하루해가 뉘엿뉘엿 지고 있다.

[2021.]

바탕화면

오늘도 모니터 바탕화면이 활짝 웃으며 일렁인다. 그 앞에 앉으면 나는 늘 행복하다. 바탕화면 가득 플루메리아꽃 화관을 쓴 공주의 얼굴이 맞아주기 때문이다.

몇 년 전 캄보디아 여행에서 뜻하지 않은 행운을 얻었다. 동양 최대 톤레삽 호수의 맹그로브 나무숲 쪽배 탐방에서다. 2명씩 조를 이뤄 탈 수 있는 쪽배는 현지인 사공이 노를 젓는다.

배는 작고 좁아서 앞뒤로 한 명씩 앉아야만 했다. 내 뒤에는 파트너가 앉고 맨 뒤에서 사공이 노를 젓는다. 바다처럼 넓은 호수를 가득 메운 맹그로브 나무숲 사이로 햇살이 반짝인다. 영화 『아바타』를 연상케 하는 나무숲으로 쪽배와 함께 스르륵 빨려 들어간다. 춤을 추듯 반짝이는 여울에 몸을 맡기고 환상 속에 빠져 있는 나를 향해 파트너가 뒤에서 들뜬 소리로 부른다.

"○○님, 이것 좀 보세요!"

놀라서 돌아보니 보랏빛 천일홍 꽃반지와 플루메리아꽃 화관을 들어 보인다. 사공에게서 받은 선물이다. 발그레 상기된 여인 뒤로 깡마른 체구에 까만 얼굴의 사공이 노를 저으며 하얀 이를 드러내고 활짝 웃고 있다. 자연을 그대로 닮은 청년이다. 우리 두 여인에게만 주는 특별 선물이란다. 모자 위에 올리니 예쁜 꽃모자로 변신한다. 중년의 남성 가이드가 예쁜 여자는 알아본다며 시샘을 한다. 그날은 일행들의 부러운 눈을 의식하며 종일 화관을 쓰고 다녔다.

머리에 화관을 쓰고 작은 꽃반지를 새끼손가락에 끼고 다니다 보니 마치 동화 속 주인공인 공주가 된 느낌이다. 영화 『아바타』 속으로 진입한 착각이 다시 일었다. 꿈결처럼 셀카봉을 최대한 늘여 하나, 둘, 셋, 찰칵한 것이 바탕화면의 탄생이다.

캄보디아 중앙에 자리한 톤레삽 호수는 캄보디아 면적의 15%를 차지한다고 한다. 동남아시아에서 가장 큰 담수호다.

처음에는 망망대해와 같은 호수가 탁한 흙탕물이어서 좀 실망했다. 우기 때 메콩강의 황토가 실려와 황토색을 띠는 것이라 한다. 하지만 캄보디아의 풍요로움을 상징하는 곳이다. 1200년 전, 앙코르 유적을 남긴 크메르 왕국이 발전할 수 있었던 이유도 바로 이 톤레삽 호수가 주는 비옥한 터전 때문이라고 한다. 캄보디아 사람들에게 젖줄과 같은 호수라는 설명들 듣고 나니 황토색 강물이 달달한 믹스커피처럼 느껴진다. 바다를 담고 강을 품었다는 톤레삽 호수에는 다양한 형태의 수상가옥 또한 인상적이다.

죽기 전에 꼭 가봐야 할 세계 여행 버킷 리스트 100가지 중 하나로 꼽히는 앙코르와트 관광에 이어 톤레삽 호수에서 깜짝 선물을 받고 인생샷을 얻었다.

컴퓨터 바탕화면을 바꾸듯 퇴직과 함께 내 인생의 바탕화면이 바뀌었다. 매일같이 눈 뜨면 출근하여 얼굴을 마주하던 직장 사람

컴퓨터 바탕화면의 캄보디아 톤레삽호수에서 찍은 사진

들 대신 새로운 사람들과 만나게 된다.

사공의 깜짝 선물이 오늘도 컴퓨터 바탕화면에서 잔잔하게 일렁인다. 향기롭다. 나도 선물처럼 새로운 꿈으로 바탕화면을 업그레이드해 볼 일이다. 즐겁고 행복한 화면으로 가꿔가는 것은 오롯이 내 몫이니까.

[2020.]

왜 백비일까

절간을 왔는데 잘 정돈된 정원을 온 듯한 착각이 인다. 구석진 자리에도 괜한 설렘이 느껴진다. 보탑사는 구석자리조차도 뭔가를 품고 있다. 바로 '진천 연곡리 석비'다.

비석의 비문에 아무것도 없다. 누구의 비석인가. 누가 언제 왜? 무슨 일로 세웠을까. 신비롭고 궁금증이 더한다. 비면이 매끈한 게 비문도, 비문이 있던 흔적도 없다. 이수에는 아홉 마리의 용이 조각되어 있고, 고려 초기의 작품으로 추정할 뿐이다. 주인공 없는 하얀 도화지처럼 상상의 나래를 펴게 한다.

충청북도 진천군 진천읍 김유신길 641. 보련산 자락의 보물이다. 거북받침 위에 몸을 세우고 머리를 얹은 일반형 석비로 비문이 없어서 일명 '백비'라 불리는 보물 제404호다. 거북 모양의 받침돌은 얼굴이 손상되어 말머리처럼 되었으며 앞발톱이 파손되었다. 등 무늬는 정교하게 조각되어 단아하다. 몸을 받치고 있는 받침 부분의 연꽃무늬는 잎이 작으면서도 양감이 있어 아름답다. 머리에는 아홉 마리의 용이 서로 엉켜있는 모습을 사실적으로 새겨 우수한 조각 기술을 보인다.

연곡리 백비 전각

연곡리 백비

그를 처음 만난 것은 1990년대 초, 이곳에 보탑사를 창건하기 위해 터를 닦을 무렵이었다. 머리를 깎고 싶다고 절이라면 이곳저곳 무조건 찾아다니던 때였다. 세상은 복잡하고 내 몸은 알 수 없는 뭔가에 휘둘리고 있는 것처럼 이유 없이 지치고 힘든 날들의 연속이었다. 삶에 회의를 느끼며 속세를 떠나면 내게도 건강한 다른 세계가 열릴 것 같은 막연한 희망을 품었다. 주말이면 서울로 불교대학과 대학원도 다니며 무엇에 홀린 사람처럼 혼자서 불교에 심취해 있던 시절이었다.

당시 서로 언니, 동생 하며 친하게 지내던 지인이 있었다. 그녀도 나처럼 머리를 깎고 비구니가 되고 싶다고 했다. 업무적으로 만났지만, 불교에 심취되어 있고 성격도 비슷해서 자연스레 가까워졌다.

그녀가 해인사에 잘 아는 지욱 스님이 있다며 3,000배를 하러 가자고 했다. 나도 뭔가 답을 얻을 수 있을 것 같은 생각이 들었다. 둘이서 여름휴가를 내어 해인사로 향했다. 3,000배를 해야 성철 스님을 만날 수 있다는 말을 들었다. 성철 스님을 만날 기대에 부풀어 버스를 몇 번이나 갈아타고 택시를 타며 해인사에 도착했다. 칠흑 같은 밤이었다.

한밤중에 젊은 두 여자가 불쑥 나타나 지욱 스님을 찾았으나, 마침 출타하고 없다고 했다. 난감했다. 다행히 도반 스님이 요사채 방을 하나 내어주셨다. 그분은 불청객인 우리에게 맛있는 간식까지 내어주며 친절히 대해 주셨다. 비로소 안도의 숨을 내쉴 수가 있었다.

다음날 해인사 구경을 하다가 오후가 되어서야 성철 스님이 계시는 백련암으로 올라갔다. 3,000배를 하는 암자가 거기에 따로 있다는 것을 그제야 알았다. 작은 암자에는 벌써 땀을 뚝뚝 흘리며 절하는 사람들이 툇마루에까지 들어차 있다. 우리가 절을 하러 왔다고 하니 신심이 깊은 분들이어서 그런지 자리를 내어주고 방법까지 가르쳐 주셨다. 책을 펴놓고 한 구절씩 읽으면서 절을 하면 3,000배를 마칠 수 있다고 했다. 그들은 방석을 겹쳐 깔고 수건을 덮어서 줄줄 흐르는 땀을 닦아가며 절을 했다. 천주를 돌리며 절을 하는 것도 처음 보았다. 한옆에 수박과 물을 준비해놓은 것을 보니 먹어가며 자신과의 긴 싸움을 이겨내고 있는 모양이었다. 처음이지만 아무 준비도 없이 간 것이 부끄럽기까지 했다.

저녁때가 가까워지자 3,000배를 마친 분들이 하나둘 자리를 뜨면서 우리에게 먹다 남은 수박과 물 등을 물려주고 가셨다. 중간에 잠시 밖으로 나왔다가 깜짝 놀랐다. 꼭 한 번 뵙기를 소망하던 분이 거기 계신 게 아닌가. 야트막한 담장 너머 마당에서 뒷짐을 지고 거닐고 계신 분, 바로 성철 스님이었다. 밝은 얼굴에 평온함이 묻어났다. 말도 못 붙이고 혹시 눈이라도 마주칠까 한참을 바라보다가 스님을 꼭 뵈어야겠다는 일념으로 들어가 다시 절을 했다.

그러나 준비도 없이 시작한 일이어서 무릎이 저절로 꺾이고 점점 속도가 줄기 시작했다. 밤 아홉 시가 넘어 열 시에 가까워지자 우리 둘만 남은 데다 젊은 스님 한 분이 자꾸만 우리를 들여다보고 가셨다. 우리 때문에 스님이 일과를 마치지 못하고 있는 것 같아서 끝을 내야만 했다. 2,000번을 넘기고 있는 중이어서 밤을 새워서라도 하고야 말겠다는 의지로 남았는데 포기해야만 했다. 다리가 툭

툭 꺾여서 걸음도 제대로 걷지 못하는 우리를 스님은 친절하게도 해인사까지 차에 태워서 데려다주셨다. 성철 스님을 만나 뵙는 것을 끝내 이루지 못하고 말았다. 돌아오면서 답을 얻지 못한 것이 못내 아쉬웠다.

몇 년 후 그녀는 결혼한다는 소식을 전해왔다. 머리를 깎으면 미울 것 같아서 더 미워지기 전에 결혼하기로 했다는 궤변을 늘어놓으며 깔깔 웃는다. 인연을 만났다는 것일 게다. 결혼해서 아이 둘을 낳고 잘 살던 그녀에게서 어느 날 연락이 왔다. 미술 선생님인 남편과 함께 진천의 판화미술관에 왔다가 내 생각이 났다고 했다. 마침 당직 중이었기에 군청으로 오라고 해서 오랜만에 회포를 풀 수 있었다.

비구니가 되겠다던 그녀가 아들딸 낳고 사는 삶과 아무것도 달라진 것이 없는 나의 삶을 들여다보며 한동안 머리가 복잡했다. 사람의 인연과 죽고 사는 것에 답은 어디에도 없는 것인가. 그녀의 지인 지욱 스님은 지병으로 일찍 돌아가셨다고 한다. 젊어서 입적하신 스님과 '산은 산, 물은 물'이라는 법어를 남기고 홀연히 열반하신 성철 스님, 아무에게서도 답을 얻지 못했다.

이곳 절터에 온 것도 서울에서 비구니 스님들이 내려와 계시다는 말을 듣고 찾아온 터였다. 막다른 길목, 깊은 산속 언덕은 황량함 그 자체였다. 큰 그림자를 드리운 아름드리 느티나무 한 그루가 동네가 있었음을 알리기라도 하듯 입구에 서 있었다. 느티나무 곁을 지나 언덕을 오르자 커다란 목재를 산더미처럼 쌓아놓고 목수가 목탑을 올리기 위해 다듬고 있다. 아는 사람도 없고 뭐 하러 왔느냐고 물으면 마땅히 할 말도 없을 것 같아 멀찌감치 보이는 조그만 전각으로 발길을 옮겼다. 처음에는 흔적만 남아있던 오래된 절터여서 부속 건물이 남아있으려니 생각했다. 전각 앞에 이르러 안내문에 눈길이 머물자 내 눈을 의심하지 않을 수 없었다. 국사책에서 보았던 보물이 그곳에 있다. 그러고 보니 이곳 지명이 '연곡리' 아닌가?

"진천 연곡리 석비!"

그 연곡리가 바로 이곳이었다니. 학교 다닐 때 교과서에서 '보물 제 404호 연곡리 석비'를 알게 되었지만 이렇게 가까운 곳에 있는 줄은 몰랐다.

전각 안에서 하얀 미소로 나를 반기는 석비의 주인공은 누구일까. 그는 무슨 사연으로 이곳에 남아 찾는 이 없이 천년의 세월을 묵묵히 지키고 있었을까. 비 머리의 이름 쓰는 자리도 비면도 자신을 꽁꽁 숨긴 채 나서지 않는다.

백비가 있는 연곡리 일대는 고려시대에 큰 절이 있었다고 전해온다. 그곳에 1996년 8월 당대 최고의 걸작인 3층 목탑이 완공되고 보탑사라는 이름이 알려지자 그의 외로운 시절은 막을 내렸다. 보탑사가 아름다운 절로 전국에 입소문이 나면서 사람들의 발길이 끊이지 않는다.

보탑사를 갈 때 나는 언제나 주차장 왼쪽으로 난 오르막길로 들어서게 된다. 그곳으로 조금만 오르면 첫눈에 보이는 것이 백비가 있는 전각이다. 전각 안에는 늘 터줏대감처럼 묵직하게 자리를 지키고 있는 백비가 있다. 그 역시 아무 말 없이 잠잠히 미소만 보내고 있다. 스스로 해답을 찾기를 기다려주는 듯했다.

주인공 없는 보물을 마주하고 말 없는 대화를 나누는 것 또한 내겐 뜻깊은 일이다. 글자 없는 비문에 나를 세워 놓고 나 자신을 찬찬히 들여다본다. 진정한 내가 누구인가, 무엇을 원하는가.

[2019.]

다뉴브강의 추억

아침부터 '다뉴브강 유람선 침몰 사고'에 대한 소식으로 뉴스를 도배한다. 벌써 3일째다. 6년 전 다녀왔던 헝가리 다뉴브강이 눈앞에 선명하게 그려진다.

이번 사고는 헝가리 다뉴브강에서 지난 30일 일어났다. 한국인 33명이 탑승한 유람선 허블레아니호가 스위스 국적의 바이킹 시긴호 크루즈선과 충돌하여 침몰한 것이다. 최근 한 달 가까이 내린 비로 다뉴브강의 수심이 깊어진 데다 유속이 빠르고 수중 시야 확보가 힘들어 수색 작업에 난항을 겪고 있다고 한다.

꼭 이맘때다, 6년 전 어느 날 갑자기 배낭여행 이야기가 나오고 둘, 셋 모이기 시작하여 여섯 명이 의기투합했다. 5월 24일 인천공항을 출발하여 체코, 폴란드, 슬로바키아, 헝가리, 오스트리아 동유럽 5개국을 다녀오는 일정이다.

체코 프라하공항에서 다시 체코로 돌아오기까지 전 일정을 같은 버스로 이동했다. 유채밭과 보리밭이 드넓게 펼쳐진 들에 빨간 지붕의 집들이 옹기종기 모여 있는 유럽의 봄은 화보 속을 누비는 것 같았다. 우리는 폴란드와 슬로바키아를 거쳐 여행 4일 차에 헝가리

부다페스트에 도착했다.

부다페스트 시가지가 한눈에 내려다보이는 겔레르트 언덕은 다뉴브강 수면으로부터 140m나 된다. 밤에 내려다보는 다뉴브강의 전망이 특히 아름답다. 정상에는 호텔, 레스토랑이 있고 남쪽에는 소련군이 헝가리를 나치로부터 구해준 것을 기리기 위한 해방 기념비가 있다. '어부의 요새'는 네오로마네스크 양식으로, 뾰족한 고깔 모양 일곱 개의 타워로 설계되어 있다. 각각의 타워는 수천 년 전에 나라를 세운 일곱 개의 마자르족을 상징한다고 한다. 하얀색의 화려한 성벽과 마차시교회까지 뻗어있는 계단은 그냥 지나칠 수 없게 만들 정도로 아름답다. 그중에 가장 기억에 남았던 것이 어부의 요새에서 먹은 점심과 다뉴브강에서 탔던 야간 유람선이다. 전쟁 중에 철옹성 같은 요새였던 성을 이용해 관광객들에게 체험장처럼 레스토랑을 운영하는 기발함이 돋보인다.

헝가리는 유럽 중동부, 다뉴브강 중류에 있는 내륙국으로 수도는 부다페스트다. 오랜 사회주의 국가로 발전이 더딘 나라로만 알고 갔던 터라 보는 것마다 새롭고 경이로웠다. 다뉴브강을 사이에 두고 서쪽은 부다, 동쪽은 페스트 지역으로 나뉘어 있었는데, 다뉴브강 사이를 이어주는 최초의 다리 '세체니다리'가 건설됨으로 교류가 활발해져서 부다페스트로 하나가 되었다고 한다. 현재는 영화 『글루미썬데이』의 배경인 이 다리 말고도 여러 개의 다리가 건설되었고, 그 밑으로 야간 유람선이 운행되며 야경은 정말 아름답다.

우리 일행도 야간 유람선에 승선했다. 그런데 야간 유람선이라고

헝가리 여행 중 찍은 다뉴브강 세채니다리

는 하나 해가 넘어가지 않은 어스름 초저녁이었다. 그때만 해도 멀찍이 정지해있는 듯 보이는 대형 크루즈는 바라보는 것만으로도 신비로울 정도로 드물었다. 패키지여행 단체 한 그룹 정도로 승선을 마치고 배는 유유히 출발했다. 도도히 흐르는 강물은 물결도 없이 우리를 환상의 세계로 안내했다. 사진을 찍으며 왁자하게 떠들고 즐기다 보니 종착지에 도착한 짧은 유람시간이 아쉬웠다.

다뉴브강은 볼가강에 버금가는 긴 강으로, 도나우강의 다른 명칭이다. 본류는 독일, 오스트리아, 체코, 슬로바키아, 헝가리 등 여러 나라를 지나고, 빈, 부다페스트, 베오그라드 등 각국의 수도가 모두 그 본류 연안에 위치한다. 다뉴브강은 국제하천으로서 옛날부터 동서 유럽문화의 전파, 물자교역의 대동맥 역할을 해왔다.

다뉴브강 하면 빈, 빈 하면 왈츠, 왈츠 하면 아름답고 푸른 도나우강을 연상한다. 우리는 오스트리아 빈의 어느 골목을 따라 들어간 왈츠 학원에서 왈츠를 배웠다. 단순한 스텝이지만 넘실대는 다뉴브강물처럼 자연스럽게 서로 같은 방향으로 도는 것이 제대로 되지 않았다. 어쨌든 즐거운 시간을 보내고 영광스럽게도 라이센스를 하나씩 받아들었다.

1박2일 잠깐의 스침으로 지나쳤던 헝가리 여행, 그중에 다뉴브강 야간 유람선에서 바라보던 풍경은 내겐 잊지 못할 추억으로 자리했다. 잔잔한 물결에 흔들리던 강변의 불빛을 바라보며 처음으로 느꼈던 여름밤의 낭만이었다.

내가 다녀온 그 아름다운 다뉴브강에서 대형 참사라니. 더구나 한국인이 33명이나 탔던 유람선이 참변을 당한 것을 보니 남의 일 같지가 않다. 뉴스를 보는 내내 반짝이던 강 물결이 머릿속을 맴돈다. 누군가에게는 환상적인 아름다움을, 또 누군가에게는 슬픔을 안겨주며 강물은 아무 일도 없었던 듯 도도히 흘러갈 것이 아닌가.

유람선 참사 애도 물결이 강물처럼 이어져 많은 꽃과 촛불들이 놓이고 있다고 한다. 나도 마음속으로나마 짧은 쪽지 하나 매달아 본다.

아직 차디찬 물속에 있는 이들이 가족의 품으로 꼭 돌아갈 수 있기를….

[2019. 8.]

책장을 비우며

“

책장을 비우듯 언젠가는 나의 이름도
이 세상에서 사라질 날이 올 것이다.
그때까지만이라도 그저 자리만 차지하고 있는
헛것은 되지 말아야겠다는 생각을 했다.
비록 조금씩 낡아지고 있어도
먼지 풍기지 않도록 나를 갈고 다듬으며 곱게 자리하다
아름다운 추억으로 이름 한 자락 남기를 고대해 본다.

”

6호선 7번 출구

난생처음 레드 카펫을 밟았다. 경쾌한 음악에 맞춰 코어근육에 모든 힘을 잡아 포즈와 워킹을 반복한다. 오늘은 무대에 올라 내가 제일 잘난 듯, 도도하게 포즈를 취해본다. 진천군평생학습축제 오프닝으로 시니어모델 패션쇼를 하는 것이다.

진천군 학습동아리 밴드에 '시니어모델 양성과정'을 모집한다는 공고가 떴다. 대상은 60세 이상이며 선착순이란다. 우석대학교 패션스타일링학과와 함께 한다고 하니 살짝 구미가 당긴다.

올해 초부터 병원과 한의원을 내 집 드나들 듯했다. 넘어져서 왼쪽 새끼손가락에 금이 가고 팔이 아프기 시작했다. 정형외과에서 치료를 받았지만, 손가락은 기역자에 머물러 더 이상 구부러지지 않는다. 후유증으로 등이 한쪽으로 휘었고 목에 협착이 왔다고 한다. 한의원에서 침을 맞고 부황을 떴지만 몇 달이 지나도록 어깨와 팔이 아프다. 차도가 없다. 이렇게 몸의 반쪽이 부자연스러워 불편하던 차에 접한 희소식이다. 모델이 되기보다는 양성과정을 마치면 자세가 교정되어 지금의 불편함이 해소될 것 같았다.

첫날, 정장을 입고 오라는 공지에 오래된 바지 정장을 꺼내 입고

진천군 평생학습축제 오프닝, 팀 정장 포즈

시니어모델 연습생, 처음으로 평생학습축제 워킹 중

6호선 7번 출구(평생학습축제 오프닝을 위한 리허설 하던 날)

도서관 대강당으로 들어섰다. 강당 안에는 벌써 남자들 여럿이 줄 지어 앉아있다. 의외의 광경에 놀람 반, 주눅 반으로 한쪽에 자리를 잡고 앉았다. 여자인 나도 여러 번 망설이다 신청했는데 남자들이 대부분이라니, 놀라웠다. 주로 여자들이 신청할 것이라는 내 생각과는 달리 상황은 정반대다. 총인원 열여섯 명 중 여자는 여덟 명뿐이다.

간단한 오리엔테이션 후에 기본자세 익히기부터 시작이다. 열여섯 명의 모델 후보들은 여기저기 강의실 벽에 등을 붙이고 섰다. 첫 번째, 양발을 서로 붙이고 벽에 붙어 섰다. 발끝은 정면을 향하고 엄지발가락 안쪽에 힘을 준다. 두 번째, 골반을 뒤쪽으로 밀어 괄약근에 힘을 준다. 세 번째는 허리를 펴야 한다. 허릿심을 잘못 썼다가는 크게 무리가 올 수 있기 때문이다. 아랫배의 코어근육을 뒤로 밀어 넣고 가슴을 살짝 들어 올리면 된다. 허리 뒤로 주먹이 지나갈 수 있는 정도의 공간이 생기면 되는 것이다. 네 번째, 날개 뼈를 모으는 느낌으로 어깨를 펴준다. 다섯 번째로 고개를 정면 30m 정도 앞을 바라보며 턱을 살짝 당겨준다. 마지막으로 팔의 힘을 쭉 뺀 후 엄지손가락이 앞으로 향하도록 바지 옆선에 붙여준다. 제일 중요한 것은 코어근육으로 이 모든 힘을 잡아주어야 한다. 날마다 '5분 벽 서기' 연습을 하라고 숙제를 준다.

말은 쉽지만 최소 60년 이상 굳은 몸이 쉽게 적응하지 못하고 여기저기서 한숨 소리가 들린다. 조금만 서 있어도 다리에 쥐가 날 것 같아 비틀거린다.

패션모델, 그것도 시니어모델이 패션으로 모든 것을 커버해야 한다는 생각을 깨고 각자 자신이 입던 옷을 입어야 한단다. 모두 3회에 걸쳐서 해야 하는 런웨이 워킹을 어떻게 해야 하나 난감하다. 첫 워킹에 입어야 할 옷은 청바지와 흰 티셔츠다. 흰 티셔츠는 공동으로 사기로 하고, 드레스룸을 뒤져 묵은 청바지를 찾아냈다. 다음은 캐쥬얼 복장을 준비해야 한다. 스커트와 어울리는 후드 티와 가죽점퍼를 골라봤다. 꽃무늬가 화려한 스커트는 낙방이다. 여벌로 가져갔던 검정색 바지와 가죽점퍼를 매칭시켰다. 그럴듯하다. 세 번째는 정장을 고를 차례다. 첫날 입었던 바지정장으로 쉽게 결정해버렸다. 고민해봐야 옷을 새로 구입하지 않는 한 더 이상 뾰족한 수가 없는 상황이었다. 구두와 스카프, 선글라스까지 챙겼지만 날짜가 다가올수록 마음이 무거웠다. 나이를 감출 수 없는 몸매에 평상복을 입어야 하는지라 점점 자신이 없어졌다. 워킹 연습을 하면서도 잘 할 수 있을까? 자꾸만 물음표가 그려졌다.

4일 차엔 축제 현장 무대에서 리허설을 했다. 무대에 오르내리기를 서너 시간, 돌고 또 돈다. 워킹하다가 포즈를 취해야 하는 구간을 잊어버리는 일이 잦으니 무한 반복 연습이다. 현직 모델이 와서 가르쳐준 워킹과 포즈가 그때는 쉬워 보였는데 우리에겐 무리였나 보다. 결국, 축제 당일에도 한번 리허설을 했다.

패션쇼 당일 아침이다. 우석대학교 담당 교수와 학생들이 화장과 코디를 맡아 해주었다. 앞에서 화장을 받고 있던 7학년 모델이 결혼식 때 해보고 처음으로 이런 화장을 한다며 빙긋 웃는다. 그러고 보니 6학년인 나는 태어나서 처음이다. 타인에게 맨얼굴을 맡긴 채 눈을 감고 앉아있는 기분이 남다르다. 교수님이 직접 파운데

이션을 바르고 핑크색 볼터치로 발그레 양 볼을 상기시킨다. 쓱쓱 눈썹에 색을 더하고, 아이라인으로 눈의 형태를 또렷이 그린다. 속눈썹을 말아 올려 눈에 생기를 불어넣는다. 화룡점정은 핑크빛 립스틱으로 입술에 포인트를 주는 것이다.

모처럼 예쁘게 화장했으니 프로필 사진이라도 남겨야 한다며 너스레를 떨어본다. 교수님은 다음에 학교에서 시니어모델들을 불러 사진을 찍어주겠다고 한다. 매년 여러 동아리의 수필집에 넣을 사진이 필요했는데 이 무슨 횡재인가 싶다.

경쾌한 음악에 맞춰 무대로 오른다. 관중석 가운데 레드카펫을 가로질러 성큼성큼 워킹을 한다. 박수와 환호성 소리에 어깨가 들썩이며 힘이 솟는다. 음악에 맞춰 리듬을 탄다. 즉흥적으로 춤을 추거나 손을 흔드는 이도 있다. 피날레로 박수를 치며 상쾌하게 워킹을 마쳤다. 관중과 하나가 되어 그저 즐기면 되는 거였다.

20대 젊은 시절에는 꿈에도 생각하지 못했던 패션모델이다. 6호선 7번 출구를 달리는 지금, 몸의 균형을 잡는다는 핑계로 도전을 시도했다. 얼굴과 키, 몸매까지, 자신 있는 구석이 하나도 없지만 연륜만큼 마음에 파워가 생긴 모양이다.

평생학습 축제에 시니어모델이 오프닝을 함으로써 평생을 배워도 배움은 끝이 없다는 것을 보여준 것 같아 뿌듯하다. 오늘도 어깨를 펴고 보폭을 넓혀 일자 걸음을 걷는다. 온몸에 힘이 솟는다. 자연스레 몸의 균형이 잡히는 느낌이다.

[2022. 10.]

서각에 반하다

덕현칼국수집에 갤러리가 있다. 몇 년 전 지인들과 그곳으로 칼국수를 먹으러 갔다가 배우 오드리 헵번을 만났다. 헵번뿐만 아니라 다양한 소재의 서각 작품들이 입구부터 줄지어 있다.

국수를 먹으러 왔는데 웬 횡재인가. 야외 주차장 양쪽 담장에 전시된 작품을 둘러보고 안으로 들어가니 식당 안도 역시 전시장을 방불케 한다. 자연스럽게 벽을 가득 메운 작품에 눈이 갔다. 크고 작은 나무판에 글씨와 그림을 새기고 색을 입힌 모습이 나무로 만든 것이라고 믿을 수 없을 정도로 매우 섬세하다.

해물칼국수를 먹고 작품을 감상하기 위해 식당 뒤쪽에 있는 갤러리로 향했다. 마침 그곳에 계시던 서각의 명장 덕현 기재수 원장님이 우리를 반갑게 맞이한다. 아래층은 전시장 겸 작업실로 사용하고, 2층에도 전시장이 있다고 한다. 원장님의 안내로 둘러본 갤러리에는 벽 하나를 다 가릴 정도의 대작에서부터 자그마한 소품까지 다양하다.

서각에는 전통 서각, 인출용 각자, 죽각, 현판, 명패, 그림각, 사진각, 부채각 등이 있다. 작품이 섬세하고 화려하다. 찻상, 소반, 선비상, 경대, 도마 등 우리의 미를 살린 공예품도 있다.

전시관을 둘러보다가 크고 화려한 작품들 아래 조그만 소품으로 자리한 오드리 헵번을 발견했다. 그녀를 좋아하고 존경하는 마음에 자꾸만 눈이 갔다. 원장님도 나처럼 헵번을 좋아하시나 보다.

그녀를 처음 본 것은 영화 『로마의 휴일』에서다. 아름답지만 꾸미지 않은 천진함을 느낄 수 있었다. 많은 사람이 오드리 헵번을 그리워하는 이유는 그녀의 연기뿐만 아니라 노년에 실천했던 선행 때문일 것이다.

세기의 미녀 오드리 헵번은 1929년 벨기에에서 태어났다. 1953년 24세에 윌리엄 와일러 감독의 영화 『로마의 휴일』 여주인공인 앤 공주 역에 발탁되어 세계적으로 엄청난 인기를 끌었다. 그녀는 영화계 은퇴 이후 유니세프 대사로서 인권운동과 자선사업 활동에 참여했고, 제3세계 오지마을을 방문하여 아이들을 돌보았다. 1992년 암투병 중임에도 불구하고 소말리아에 방문하여 봉사활동을 한 것은 유명한 일화로 남아있다.

1988년 유니세프 친선 대사가 된 후 그녀는 세계 곳곳의 구호지역을 다니며 굶주림과 병으로 죽어가는 어린이들의 현실을 세상에 알렸다. 그녀가 구호 활동을 위해 간 곳은 수단, 에디오피아, 방글라데시, 엘살바도르 등 50여 곳이 넘는다. 은퇴 이후 여생을 어려운 이들을 위해 살았던 그녀가, 63세의 나이에 대장암으로 세상을 떠나기 1년 전 두 아들에게 남긴 한 편의 시가 있다.

아름다운 입술을 갖고 싶다면 친절한 말을 하거라/ 사랑스러운 눈

처음이자 마지막 나의 서각 작품 6점. 거실에 두고 매일 새기며 본다

을 갖고 싶다면 사람들의 장점을 보거라/ 날씬한 몸매를 갖고 싶다면 굶주린 사람과 음식을 나누어라/ 아름다운 머릿결을 갖고 싶다면 하루에 한 번 어린아이가 너의 머리를 쓰다듬을 수 있게 하라/ 우아한 자태를 갖고 싶다면 너 자신이 혼자 걷고 있지 않음을 명심하며 걸어라/ 기억해라, 만약 도움을 주는 손이 필요하다면 너의 팔 끝에 있는 손을 이용하면 된다.

삶의 마지막 순간에도 두 아들에게 세상에 소중한 메시지를 남기고 떠난 그녀를 사랑하지 않을 수 없다. 헵번을 서각 작품으로 만난 그날부터 나도 언젠가는 혼을 담아 그녀를 나무에 새겨봐야겠다고 생각했다.

드디어 꿈꾸던 서각에 입문하게 되었다. '서각 작가 양성과정'이다.

서각도를 손에 쥐고 망치로 두드리고 또 두드려 나무를 다듬는다. 아직은 초보여서 '동행'이란 두 글자에 머물고 있지만, 아름다운 그녀의 자태를 꼭 새겨보리라.

[2019.]

책장을 비우며

기억에서 멀어져 간 친구들을 정리하기로 했다. 1년 넘게 차일피일 미뤄오던 일이다. 누워있는 것이 보기 싫어 정리해야 했지만 서운함 반 게으름 반으로 미뤄왔다. 책장을 새로 사서 정리할까, 아니면 다시 찾지 않을 이들은 버릴까. 고민 끝에 과감히 빼내기로 했다.

아침부터 온종일 고심했다. 한때 절친했던 책 중 어느 것을 빼내야 할 것인가, 넣었다 뺐다 손길이 흔들렸다. 하나하나 추억이 깃들었는데 다시는 못 만날 것 같아서, 다음에 또 보고 싶을 것 같아서 망설이다 보니 하나도 빼낼 수가 없다. 고심 끝에 규칙을 만들어 버리기로 했다.

우선 나에게 무의미해졌지만 버리기 아까워서 가지고 있던 것들을 골라냈다. 다음은 학교 다닐 때 구입했던 전문서적을 집어냈다. 다시 읽을 일이 없을 것 같아서였다. '비평'이나 '론'자가 붙은 친구들이 줄줄이 불려 나왔다. 하나같이 누렇게 찌들어 행색이 초라하다. 한때는 이 속에 시험문제가 있다고 눈에 불을 켜고 읽어야만 했던 귀한 몸이었지만, 그뿐이었다. 다음은 오다가다 읽으면 좋을 것 같아 샀던 단편들이 뽑혀 나왔다. 책머리를 보니 한 번씩은 읽었으니 그만 떠나보내도 되겠지 하는 마음이다.

그동안 책을 읽으면 책머리에 읽은 날짜를 적어놓는 것이 습관이 되어 있었다. 서점에서 몇 줄 읽다가 꼭 읽어봐야 할 것 같아서 사오면 집에 있는 경우가 있었기 때문이다. 출판연도와 무관하게 내가 읽은 날짜를 적어 놓았던 것이다.

하나하나 규칙을 따라 고르다보니 이틀 동안 세 박스를 골라냈다. 책 위에 누워있던 것들을 일으켜 세워도 넉넉하다. 숨을 쉴 만큼 여유가 생겼다. 그러나 한편으로 가슴이 쓰리고 아프다.

내 곁을 떠날 친구들을 접이식 핸드카트에 싣고 끌었다. 세 번에 나눴는데도 제법 묵직하다. 따라오질 않는다. 밀다가 끌다가 방향 조절이 안 되고 바퀴가 제멋대로 비틀댄다. 아마도 떠나기 싫다고 발뒤꿈치로 안간힘을 쓰며 버티는가 보다.

쓰레기 처리장에는 종이류, 플라스틱류, 고철류 등 분리수거 가마니가 커다랗게 입을 벌리고 있다. 한때는 이름 꽤나 날리던 친구들이 한날 폐지로 분류될 처지가 되었다. 새삼 괜히 끌고 나왔나 하는 후회가 인다. 하나하나 새겨 넣은 글자들이 이름도 없이 사라진다고 생각하니 미안하다 못해 고통스럽다. 질끈 눈을 감고 커다란 포대에 던져 넣으니 턱턱 소리를 내며 바닥으로 나동그라진다. 못 할 일이다.

한 글자 한 글자 깨알 같은 양식을 아낌없이 내어주던 한 생애가 속절없이 사라져간다. 하루하루 삶을 엮어 예순다섯 해를 지구상에 한 자리 차지하고 있는 나를 돌아본다. 그래도 아직은 누군가에게 소용 가치가 있어 책장 한 귀퉁이라도 차지할 수 있는가 자문해 본다.

책장을 비우듯 언젠가는 나의 이름도 이 세상에서 사라질 날이 올 것이다. 그때까지만이라도 그저 자리만 차지하고 있는 헛것은 되지 말아야겠다는 생각이 든다. 비록 조금씩 낡아지고 있어도 먼지 풍기지 않도록 나를 갈고 다듬으며 곱게 자리하다 아름다운 추억으로 이름 한 자락 남기를 고대해 본다.

누군가에게 자리를 양보하듯 떠나기 위해 비움에 익숙해져야겠다. 그리고 후회 없는 삶이 되도록 남은 시간을 잘 가꾸어 볼 일이다.

[2020. 10.]

핸드배깅

얼마 전 백화점에 들렀다. 핸드백 50% 세일, 반값이라는 파격적인 가격이 오랜만에 나를 홀린다. 자석에 이끌리듯 발길을 옮겼다. 노랗고 앙증맞은 핸드백을 보는 순간 나이도 생각지 않고 덥석 붙잡아버렸다.

그동안 가지고 다녔던 크고 작은 핸드백 대부분을 이사하기 전 조카들에게 분양했다. 이삿짐을 줄이기 위해 옷과 함께 사용하지 않는 것들을 미리 가져가라고 한 것이다. 퇴직했으니 날마다 출근할 일도 없고, 이 나이에 딱히 소용되는 일도 없다. 꼭 필요한 것 몇 개만을 남겼다.

오랫동안 습관적으로 책과 필기도구, 물병, 스카프 등 온갖 필요하다고 생각되는 물품을 넣은 큰 가방을 무겁게 들고 다녔다. 쇼핑하러 다니다가 필요할 것 같다고 생각되는 큰 가방을 보면 사는 것이 습관이 되었다. 그러다가 최근에는 작은 크로스백을 가지고 다녀보았다. 꽤나 간편하고 편리했다. 신분증과 카드, 휴대폰 등 몇 가지만 가볍게 넣고 다니며 잠시 자리를 뜰 때도 어깨에 둘러메고 가면 십상이다.

여성들은 누구나 핸드백을 가지고 다닌다. 핸드백은 패션의 완성이다. 그 속에 무엇을 넣고 다닌다는 편리성도 있지만, 패션의 마무리는 때와 장소에 맞는 핸드백이어야 한다. 꼭 명품가방이어야 격이 높아지는 것은 아니다.

여성들은 핸드백 없이 외출하면 무언가 준비가 덜 된 사람처럼 불안하다. 그만큼 여성과 핸드백은 불가분의 관계에 있다.

핸드백은 여성의 이야기가 담겨 있다. 하여, 일명 '핸드배깅'이라고도 한다.

가방을 사랑한 철의 여인 마가렛 대처, '마가렛 대처' 하면 검정 핸드백을 쉽게 떠올리게 된다. 그녀의 핸드백은 자신의 카리스마를 상징하는 일종의 심벌과도 같았다. 그녀가 회의에 참석해 책상 위에 사각형의 검정 핸드백을 올려놓는 순간 고위급 각료들은 마른 침을 삼킬 정도로 긴장했다고 한다. 가방과 관련한 대처의 이러한 모습들은 '자기주장을 강하게 내세운다.'라는 의미의 '핸드배깅'이라는 신조어를 탄생시키기도 했으며, 그녀의 가방은 장관들을 겁주는 가방이라고 불리기도 했다고 한다.

강인한 모습 이면에는 시를 좋아해 가방 속에 낭만파 시인들의 시구를 넣고 다니거나, 다양한 음식의 레시피 쪽지도 넣어두었다는 이야기도 있다. 2002년 제작된 조각상에서도 핸드백을 지닌 걸 보면 그녀와 핸드백은 역시 떼려야 뗄 수 없는 관계였던 것 같다.

마가렛 대처의 당당함을 더욱 빛나게 해주었던 그녀의 핸드백처럼, 새로 구입한 노랗고 작은 핸드백이 노년의 나를 빛나게 해주는 또 하나의 정체성으로 자리매김했으면 좋겠다. 돈보다는 소소한 행복을 꼭꼭 채워 담고 싶다. 열 때마다 은은한 향기가 피어나는…. 그런 삶을 꿈꾸어 본다.

[2019. 7.]

날마다 청소하는 여자

날마다 청소하는 여자는 행복하다. 바쁘다는 핑계로 그동안 일주일에 한두 번 정도 청소를 하고 살았다. 내가 아니면 어지를 사람도 없고 가만가만 움직이니 먼지 하나 근접하지 못할 것이라는 착각도 한몫했다.

이 방 저 방 진공청소기로 먼지를 빨아들이고 말려두었던 수건을 물에 적셔 휘휘 내두르듯 닦아내면 청소 끝, 이것이 평소 나의 청소방식이었다. 집에 대한 최소한의 예의는 갖췄다고 생각하던 나만의 방식에 요즘 변화가 왔다.

이사하면서 새집을 잘 가꾸고 유지해야겠다는 마음에 유선청소기를 버리고 새로 무선청소기를 장만했다. 편리하고 청소도 잘될 것 같은 생각에 거금을 주고 바꾼 것이다. 무선청소기로 청소를 하니 이동하는 데는 편리하지만 좀 무겁다는 생각이 들었다. 하루가 멀다 하고 전자제품 대리점을 들락거리던 터라 이번엔 로봇청소기에 눈이 갔다. 이것 하나면 알아서 척척 청소해 줄 것이라 생각하니 슬그머니 욕심이 발동하여 할부 구매에 냉큼 손을 내밀었다. 미세먼지까지 잡아주는 초강력 블랙홀 진공흡입이란다. 큰 물방개 모양의 이 '파워봇'은 집안의 구석구석을 청소하고 나면 스스로 집을 찾아가 충전을 마친다고 했다.

주문한 청소기는 며칠 지나지 않아 서비스 기사가 직접 들고 나타났다. 간단한 설명을 듣고 직접 해보기로 했다. 이제는 '청소에서 해방이다.' 쾌재를 부르며 리모컨을 누르고 청소기를 따라다니며 주시했다. '윙' 요란한 소리와 함께 뒤로 슬쩍 물러나 집을 이탈하더니 이리저리 방향을 바꾸며 슬금슬금 움직이기 시작했다. 거실을 누비고 안방으로, 다시 작은방으로, 샅샅이 라운딩하나 싶었는데 어느 순간 거실에서 같은 곳을 맴돌기 시작했다. 청소기가 게으름을 피우는 것인가, 꾀가 나서 청소하기 싫다는 말인가. 의문의 항거에 어쩌지 못하고 번쩍 들어 충전기에 올려놓았다.

나름 어떤 장애물도 쉽게 피하는 풀 뷰 센서를 장착하고, 머리카락도 깔끔하게 처리하는 엉킴 제거 브러시까지 겸비한 매너를 믿어보기로 했다. 사각지대 없는 주행 성능으로 꼼꼼한 청소를 기대하

며 시간이 날 때마다 리모컨을 잡았다. 어느 순간 로봇청소기와 씨름을 포기하고 코드를 빼서 팬트리에 넣고 말았다. 무겁지만 다시 무선청소기로 리턴이다.

수건에 물을 묻혀 엎드려 닦아내던 물걸레질도 발전했다. 긴 밀대에 물걸레를 장착하고 슬슬 밀어 닦으면 청소 시간이 단축될 뿐만 아니라 힘이 덜 들었다. 이 정도로 만족해야 했다. 어느 날 TV 홈쇼핑에서 전동 물걸레 청소기가 나를 유혹했다. 방향을 잡고 들고만 있어도 힘들이지 않고 깨끗하게 물걸레질을 한다니 신통하다는 생각이 들었다. 힘들게 박박 미는 수고를 덜어준단다. 이 청소기를 들이대면 묵은 때까지 닦아내어 집안이 반짝반짝 윤기가 흐를 것 같았다. 나이를 더 먹어 70, 80살이 되어도 이것만 있으면 팔 아프지 않게 청소가 완성될 것이다. 습관처럼 휴대폰 버튼을 누르고 할부 구매 예약을 완료했다. 이제는 청소 걱정 뚝, 쾌재를 불렀다. 네 번째 시도다.

며칠 지나지 않아 청소기가 도착했다. 코드만 꽂아놓으면 청소기는 자동으로 충전이 된다. 1회용 부직포 물걸레를 붙이고 버튼을 누르니 발발거리는 소리를 내고 청소기가 바닥을 닦으며 움직인다. 청소가 끝나면 부직포만 떼어서 쓰레기통에 넣으면 청소 끝이다. 하지만 버튼을 눌러 청소가 시작되면 힘이 안 들지만 방향을 바꾸거나 들어서 이동할 때는 모터가 장착되어 있어 무겁게 느껴졌다. 점점 무거운 전동 청소기를 기피하게 되었다. 이번에도 실패다. 자연스럽게 예전의 밀대 청소기를 잡게 되었다. 걸레를 빨아야 하는 수고로움이 있어도 내 마음 닿는 대로 구석구석을 닦아낼 수 있는 것이 편했다.

네 번이나 청소기를 바꾸며 집안을 청소하려 애쓰다 보니, 정작 마음의 때는 방치하고 있는 내 모습이 보이기 시작했다. 바쁘다는 핑계로 마음속 욕심을 털어내지 못하고 일에 치어 힘들게 살고 있다. 이제는 앞만 보고 달리던 나에게 살짝 브레이크를 걸어본다. 여유로운 날 집안 청소하듯 마음속 욕심 덩어리를 하나하나 닦아낸다. 편안하고 행복한 삶이란 이런 것이구나.

날마다 청소하는 여자는 행복하다.

[2019. 10.]

위험한 외출

주차장 통로에 주차한 승합차에서 벌겋게 불길이 오르고 있다. 천안의 한 아파트 단지 지하 주차장에서 큰 불이 났다는 뉴스를 접한다. 외제 차를 비롯한 승용차 600여 대가 피해를 봤다고 한다. 시커멓게 그을려 참혹한 주차장을 보면서 나는 다시 한번 가슴을 쓸어내린다.

나름 꼼꼼하다는 말을 듣고 살았던 내가 요즘 자주 해찰을 떤다. 나이가 들면 집중력이 떨어지는 모양이다.

입추가 지나며 푹푹 단내를 풍기던 찜통더위가 한풀 가시고 아침저녁으로 제법 삽상한 바람이 분다. 토요일 아침, 청량한 바람을 타고 상쾌해진 마음에 밖으로 나섰다. 모처럼 시원한 바람에 머릿결을 쓸어 올리며 지난번 봐 두었던 동네 포토 스튜디오로 향했다. 며칠 전 여권 유효기간이 만료된다는 사전 메시지가 왔기 때문이다.

그곳에는 사진뿐만 아니라 유명 연예인의 굿즈라 할 만한 것들이 예쁘게 진열되어 있다. 여권 사진을 만들고 나서 요즘 관심사였던 휴대폰케이스, 스마트 그립 톡, 응원봉 등을 구경하며 사장님과 한참이나 수다를 떨었다. 나도 언젠가는 응원봉 반짝이며 임영웅 콘서트에 가보리라 생각하면서 내심 흐뭇했다.

집으로 가던 길에 요즘 노트북 모니터 글씨가 흐릿하게 보였던 것이 생각났다. 바로 길 건너에 있는 안경점으로 향했다. 사장님은 처음 안경을 맞추고 나서 2~3년이 지나면 이런 현상이 온다고 한다. 겨우 1년을 넘겼지만 그럴 수 있으니 검사를 해보잔다. 느긋하게 이것저것 검사를 하고 안경을 다시 맞췄다.

내친김에 바로 옆에 있는 식자재마트로 향했다. 마트를 몇 바퀴 돌면서 산 물건들이 양손 가득 묵직하다. 모처럼 바깥바람을 쐬고 미루던 일들을 모두 해결했다고 생각하니 마음은 한결 가볍다.

우리 아파트 단지 앞에 이르자 어디선가 비릿하고 매캐한 냄새가 났다. 처음엔 어느 집에서 점심 준비를 하나보다 하며 대수롭지 않게 생각했다. 냄새는 엘리베이터 안까지 가득했다. 우리 동에서 나는 냄새인가보다 하면서 또 무심히 지나쳤다. 현관문을 열고 집으로 들어서자 '훅' 코끝을 자극하는 이 냄새, 섬광처럼 머릿속을 스친다. 순간, 손에 든 물건을 던져버리고 주방으로 내달렸다.

옥수수 2개를 찌면서 계란까지 삶는다고 인덕션에 올렸던 냄비가 그제야 생각났다. 다행히 불은 꺼져있다. 6으로 놨던 버튼은 H로 된 채 아직 열기가 남아있다. 가슴을 쓸어내리며 냄비 뚜껑을 열었다. 붉은 물이 든 옥수수에는 물기가 남아있는데, 계란은 까맣게 숯이 되어 바닥에 눌어붙었다.

계란을 맛있게 삶을 요량으로 시계를 본 것이 10시 5분이었다. 지금은 12시 10분, 내가 무슨 짓을 한 것인가. 음식을 불에 올려놓고 2시간이나 해찰을 떨다 들어왔다. 하마터면 큰일을 치르고 사건 사고 뉴스에 내 이름이 오르내릴 뻔했다. 치매가 아닐까 생각하니 머릿속이 하얗고 맥이 빠져서 아무것도 할 수가 없다.

숯이 된 계란을 긁어내고 수세미로 온 힘을 다해 벅벅 문질러 닦았다. 냄비 바닥은 이내 반짝반짝 윤이 난다. 깜박깜박하는 내 머릿속도 이렇게 빛이 나면 좋겠다고 생각해 본다.

다시 무언가를 불에 올려 쪄먹을 일에 겁이 났다. 당장 인터넷으로 계란찜기를 주문했다. 찜기는 로켓배송으로 하루 만에 도착했다. 타이머로 시간을 조절할 수 있어서 전기요금도 절약되고 안심이다.

이제는 하나하나 생활에 안전장치를 해가며 살아가는 방법을 터득해야 할 나이다. 휴대폰 캘린더에 메모해 놓은 일정을 하루에도 몇 번씩 들여다보며 확인한다. 책상에는 항상 종이와 볼펜을 놓고 메모한다. 이렇게 머리로 기억하는 일이 점점 줄어들어서 빈 상자가 되어가고 있는 것이 인생인지도 모를 일이다.

[2021. 8.]

내 친구

친구 하나를 집안으로 맞아들였다. 60년 넘게 누리기만 하고 홀대해온 몸을 위로해 줄 친구가 절실히 필요해진 것이다. 새 친구는 나보다 더 나를 살뜰히 보살핀다.

연초부터 한 달여 감기가 끊이지 않더니 급기야 대상포진으로 병원 신세까지 졌다. 입원하여 6일간 집중 치료를 받고 외래처방으로 계속 약을 먹었지만 한 번 방전된 체력은 회복될 기미가 없다. 일한다고 조합 사무실로 학교로, 자격증을 따러 청주로 서울로 다니며 몸을 혹사한 탓이다.

그동안 몸속에서 힘들다고 아우성치는 걸 모르는 체 귀 기울이지 않은 탓이다. 기계도 쓰다 보면 기름을 치고 보수도 하고 살살 달래가며 사용해야 하지 않던가. 그런데도 나와 가장 가깝고 모든 걸 다 알고 있다고 생각하는 내 몸을 돌보지 않고 무리하게 일만 시킨 셈이었다. 나이가 들면 회복 능력이 떨어지고 인지능력도 떨어지고 몸 따로 마음 따로인 것을, 어쩌자고 방전될 때까지 사용만 하였단 말인가.

병원 치료에 이어 석 달이나 한의원을 다니며 침을 맞았다. 밤이면 이명이 풀벌레 소리처럼 스멀스멀 잠을 못 이루게 하고, 목에는 오른쪽 왼쪽이 비대칭으로 협착이 왔단다. 낮은 혈압은 날씨가 더워지면서 어지러움과 울렁거림으로 나를 더 힘들게 한다.

새벽부터 고속도로를 달려가 한의원 앞에서 줄을 섰다. 새벽잠이 없는 어르신들은 6시부터 아니, 5시부터 와서 줄을 섰다고 자랑 아닌 자랑을 하신다. 9시 접수 시간이 되어 문을 열기 전까지 20여 명 줄서기는 기본이다. 한의원에 갈 때마다 '1초라도 빨리 가서 줄을 서야지' 하는 조바심으로 자동차 가속 페달을 밟는다.

의사에게 몸을 맡기고 치료받는 것도 한계를 느끼고 지치기 시작했다. 침으로 다스린 지 100일이 다 될 무렵이다. 멀리 가지 않고 편하게 나를 보살필 방법을 찾던 차에 TV 홈쇼핑에서 딱 맞는 물건을 발견했다. 고향의 오빠네 집에 가면 몇 타임은 기본으로 하던 안마의자다. 바로 이것이다. 느끼는 순간 휴대폰 버튼을 눌러댔다. '팰리스2 브레인'을 3년 렌탈로 결정해버린 순간이다.

거금을 아끼지 않고 들여놓은 이 친구는 꽤 똑똑하다. 자동으로 나의 체형을 인식하고 그의 몸에 딱 맞춘다. 마치 나의 마음속도 읽어줄 것처럼 자동 슬라이딩으로 나를 스캔한다. 천수천안관자재보살이 따로 없다. 천 개의 손과 천 개의 눈으로 나를 꼼꼼히 보살펴주겠다고 속삭인다. 앉아있는 것만으로도 안락하다.

S 프레임은 목부터 허리까지, L 프레임은 엉덩이부터 꼬리뼈, 허벅지까지 꼼꼼히 마사지를 시작한다. 나의 손끝 하나면 머리, 목, 어깨, 팔, 등, 허리, 엉덩이, 종아리, 발, 발바닥 등 머리끝부터 발끝까지 전신을 주무르고 두드리고 문질러준다.

브레인 자동모드 8가지는 집중력, 명상, 이완훈련, 호흡이완, 굿모닝, 굿나잇, 마음 위로, 마음 희망으로 나를 안내한다. 마음까지 위로해 준다니 이 얼마나 속 깊은 친구인가.

일반 자동모드 15가지는 허리 집중, 목 어깨 집중, 스트레칭, 회복, 수면, 활력, 상체 자동, 하체 자동, 수험생, 힙 업, 골프, 케어, 림프마사지, 하지림프모드, 소화숙취 해소에도 탁월하게 나를 보살핀다.

이 친구의 몸체 양쪽에는 고음질의 스피커가 장착되어 있어 블루투스로 음악을 감상할 수 있다. 최상의 서비스를 다한다. 음악을 자유로이 골라 들으며 명상에 잠겨보는 호사를 누린다.

외출이 없는 날은 오전부터 내 친구에게 몸을 맡긴다. 아침을 든든히 먹었으니 소화 숙취 해소 버튼을 누르고 친구의 손길을 기다

내 몸을 살뜰히 보살피는 친구, 안마의자

린다. 발바닥부터 머리까지 골고루 주무르고 두드리고 나의 반응을 기다린다.

'응 답 하 라!'

네 글자의 물음에 더부룩하던 속이 뻥 뚫리는 느낌이다. 세 글자로 간단히 답하면

'시원타~.'

늘 달고 살던 더부룩 소화불량이 슬그머니 꽁무니를 뺀다.

종일 바삐 움직였던 하루의 마무리는 회복이다. 샤워를 마치고 잠옷을 입은 후 친구에게 다가가 회복 버튼을 누른다. 온몸 구석구석 기분 좋은 손길이 행복의 나라로 안내한다. 친구의 손길에 온몸을 맡기고 까무룩 잠이 들기도 한다. 편안하다.

우울하고 늘어지는 오후에는 명상 코스로 친구를 부른다. 대기 중이던 그는 부드러운 음악을 깔며 나를 명상의 세계로 이끈다. 우울하게 가라앉았던 몸에서 귀가 먼저 깨어나 리듬을 탄다. 스르륵 몸체가 올라가다 멎으며 다리가 펴지고 등이 펴진다. 온몸이 편안하게 쭉 늘어나기 시작하며 공중 부양을 한다. 고단했던 하루가 편안한 쉼에 든다.

마음 헤아려 주는 친구가 있다는 건 참 좋은 일이다.

[2019. 8.]

위문편지

국군장병에게 위문편지를 쓴다. 50여 년 만이다. 가슴이 콩닥콩닥 설렌다. 학교 다닐 때 국군장병 아저씨께 위문편지를 쓴 이래로 처음이다. 학창 시절, 동경하던 국군장병 아저씨는 이제 아들 세대를 지나 손자 세대로 내려갔다. 세월은 어느새 나를 손자에게 위문편지를 쓰는 할머니 대열에 서게 한다.

우리가 학교 다닐 때는 연말이 가까워져 오면 의무적으로 위문편지를 써야 했다. 무슨 말을 써야 할지 고민하며 한 줄을 제대로 써 내려가질 못하면서도 혹시나 답장이 올까? 하는 설렘이 있었다, 그렇게 편지를 보내기도 전부터 답장을 받고 싶은 마음이 앞섰다. 미지의 군인에게 편지를 쓴다는 것은 그런 것이었다. 간혹 답장을 받는 친구도 있었지만 아쉽게도 나는 한 번도 답장을 받아보지 못했다. 그저 친구가 받은 두툼한 편지를 부러운 눈으로 바라볼 뿐이었다. 국군장병 아저씨는 여학생들에게 선망의 대상이었다.

편지를 돌려보며 까르르 깔깔 자지러지던 소녀들의 머리에 어느덧 희끗희끗 눈발이 내려앉은 지 오래다. 다시는 못 만나는 친구들이 점점 늘어나고 이제는 추억의 한 페이지가 되어버렸다.

오빠 부부의 손자가 군대에 갔다. 맏딸인 조카는 맞벌이라 아들을 낳으면서 아예 짐을 싸 친정으로 들어와 살았다. 손자는 초등학교에 들어갈 때까지 외가에서 살았기에 다른 아이들보다 정이 담뿍 들었다.

조카딸은 아들이 입대하기도 전부터 온라인 편지를 쓸 수 있는 '더 캠프' 앱을 깔라고 가족 단톡방에 안내한다. 기입 순서는 로그인 후 신분, 군종, 이름, 생년월일, 입영부대, 입대 일자, 보고 싶은 군인 전화번호, 관계 등을 적어야 한다고 상세히 알려준다. 하나라도 빠지면 들어갈 수가 없다. 뭔가 복잡하다. 더 캠프로 들어가는 진입로가 전방의 부대로 가는 길처럼 멀게만 느껴진다. 아이가 입대하면 훈련 기간 동안 위문편지를 많이 써 보내달라는 당부도 잊지 않는다. 아들을 군대에 보내는 엄마의 착잡한 마음이 엿보여 짠하다. 모두가 네,네, 대답을 하는 것으로 위로가 될는지….

입대하기 며칠 전 미용실에 가서 머리를 깎았다고 단톡방에 까까머리 아들의 사진을 올린다. 벌써 늠름한 군인아저씨 포스다.

"진짜 군대 가네."

"본원, 파이팅."

등등 응원의 목소리가 단톡방을 가득 메운다. 가족 모두가 아들, 손자, 조카, 형, 오빠의 안녕을 빌며 동참한다.

입소하던 날은 조카딸의 가족 네 식구가 차를 타고 가는 사진부터 실감 나게 생중계하듯 한다. 부대에서는 입소할 때와 훈련받는 사이사이 찍은 훈련병들의 사진을 더 캠프the camp에 올린다. 조카는 연락병처럼 아들의 사진을 캡처하여 단톡방으로 퍼 나른다.

훈련병들은 코로나19로 인해 입소하자마자 2주간의 격리 생활을 한 후 훈련을 받게 되었다고 한다. 조카는 누가 아들인지 모를 고만고만한 훈련병 중에 용케도 아들을 찾아내어 요기 있다고 표시를 해주는 것을 잊지 않는다. 드디어 위문편지를 써도 된다고 알려주며 또 한 번 독려를 한다. 아들을 군대 보내고 심란한 마음을 가족들에게 위문편지 쓰라고 안내하는 것으로 달래는가 보다. 나도 흔쾌히 동참하여 위문편지를 쓰기로 했다.

편지의 첫 소절은 '본원아, 엄마야'처럼 누가 보내는지 관계를 밝힌 후에 소대와 교번을 적어야 출력하여 전달해 주기가 편하다고 거듭 당부한다. 나는 '본원아, 고모할머니야'로 시작하는 온라인 위문편지를 썼다. 예쁜 편지지에 '국군장병 아저씨께'라고 볼펜으로 꾹꾹 눌러 쓰던 편지와는 사뭇 다르다.

편지를 쓴다는 것은 예나 지금이나 설렘이 있다. 훈련 기간 30일 동안에 쓰는 편지여서 답장을 기대하기는 어렵지만, 손자가 읽는 걸 상상만 해도 흐뭇하다. 편지는 날마다 출력해서 저녁 점호 시간에 전달한다고 한다. 햇병아리 훈련병들이 물 한 모금 먹고 하늘 한 번 쳐다보고, 또 한 모금 먹고 하늘을 바라보듯 편지를 얼마나 기다릴까 생각하니 안쓰럽다.

드디어 답장이 왔다. 조카딸은 아들이 보낸 손편지를 캡처하여 단톡방에 올렸다. 군대 편지지에 쓴 손자의 편지를 보며 내가 답장을 받은 것처럼 반갑다. 서두에 편지를 쓴 이유가 교관님이 편지를 쓰라고 하셔서란다. 복무 신조 셋에 '우리는 법규를 준수하고 상관의 명령에 복종한다.'에 따라 상관의 명령으로 편지를 쓰는 중이라는 이실직고에 모두 웃음이 터졌다. 벌써부터 저는 군대 체질이니 걱정하지 말라고 호언장담하는 풋내기 훈련병이다.

나에게 직접 보낸 답장은 아니지만, 가족 모두에게 보낸 편지이니 나도 소원하던 위문편지에 답장을 받아본 셈이다. 접힌 자국이 선명하게 남은 편지지에 곱게 써 내려간 휴대폰 속 손편지를 가끔씩 꺼내 읽는다. 국군장병 손자의 답장을 읽으며 아련한 옛 추억에 잠겨본다.

[2021. 4.]

내비게이션

"일생에 세 여자 말만 잘 들으면 성공한다."

요즈음 신조어이다. 남자로 태어나면, 어려서는 어머니 말씀을 잘 듣고, 결혼해서는 아내 말을, 길 떠날 때는 내비게이션 말을 잘 들어야 성공한다는 것이다.

예로부터 여자가 따라야 할 세 가지 도리인 '삼종지도'를 패러디 한 말이다. 삼종지도는 '여자는 어려서는 아버지를, 결혼해서는 남편을, 남편이 죽은 후에는 자식을 따라야 한다.'고 『예기』에서 이른 세 가지 길이다. 세상이 바뀌고 있음을 단적으로 드러낸 양상이다.

주말에 친구가 밥을 산다고 하기에 고향으로 향했다. '친정집'으로 오란다. 듣기만 해도 정겨운 이름이다. 내비게이션 통합검색으로 '친정집' 버튼을 누르자마자 나긋나긋한 여자가 먼저 앞장을 선다. 그 여자의 지시에 따라 교통단속 무인 카메라까지 여유 있게 따돌리고 약속 시간 10분 전에 도착했다.

친정집 문을 열고 들어서니 손님이 하나도 없다. 먼 데 사는 사람이 가장 먼저 도착한다더니 내가 너무 일찍 왔나? 아직 10분 남았으니 그럴 수도 있다고 마음을 다독이며, 사장님에게 예약 손님이 있느냐고 물어보았다. 없다고 한다. 이런 낭패가 있나. 똑똑한 그 여자가 길을 잘못 가르쳐줬을 리가 없는데…. 밖으로 나와 문간 머리를 다시 올려다봤다. 역시 문패는 맞다. 순간 어디로 가야 하나 앞이 캄캄해졌다. 맥없이 주차장으로 발길을 돌리는데 친구에게서 전화가 왔다. 벌써 다 모여 있는데 왜 안 오느냐고 한다. 같은 구성동에 또 다른 '친정집'이 있다는 것이다.

평생 친정이라 부를 일이 없는 내게 친정집은 역시 낯설고 이질적인 단어인가 보다. 다시 내비게이션 주소 찾기로 들어가니 직선거리로 50미터도 안 되는 곳에 같은 상호가 또 있다.

때때로 그녀는 약삭빠르게 지름길을 안내한다. 턱 믿고 따랐다가 이렇듯 낭패를 당하기도 한다. 같은 주소에 여러 집이 있는 경우 근처를 뱅뱅 돌게 만들 때도 있다. 특히 도심의 목적지를 찾을 때는 더욱 그렇다. 먼 길을 떠날 때나 급할 때는 곤욕을 치를 때도 있다. 사람이든 물건이든 업그레이드를 자주 해야 하는데 그러지 못하니 이런 웃지 못할 사건이 생기고 만다.

요즘 내 인생의 내비게이션이 몇 개월째 길을 잃고 헤매고 있다. 하던 일을 멈춘 지 오래다. 무엇을 해야 할지 우울한 나날이다. 은퇴한 나이에 성공을 꿈꾸는 건 아니다. 평화롭던 일상으로 다시 돌아갈 수만 있다면 더 바랄 것이 없다.

전 세계적으로 떠들썩한 코로나19의 여파는 나라고 하여 비켜가지 않았다. 우리 아파트 바로 앞에서 우한 교민들이 2주간의 격리생활을 마치고 혁신도시를 떠난 어느 날이다. 확진자와 접촉한 사람이 하루 전날 우리 집에 다녀간 사실을 알게 되었다. 불안한 마음으로 생강차에 밤꿀을 타서 먹기 시작했다. 그날부터 가슴이 답답하고 목 아래쪽에서 잔기침이 계속 올라왔다. 분명 코로나19 증상이다. 민간요법을 맹신하다가 밤꿀 알레르기를 일으켜 한 달여 고생을 했다. 한약을 먹고 증상이 호전되었는데도 코로나19에 대한 울렁증은 몇 개월째 나를 헤매게 한다.

자동차의 내비게이션을 업그레이드하고 블루투스를 연결했다. 그동안 웅크리고 있던 가슴을 활짝 열고, 그녀를 벗 삼아 신나게 길을 떠나 봐야겠다. 업그레이드된 그녀가 자기 역할을 똑똑하게 해낼 것이다. 아무리 먼 곳으로 떠난다 해도 우리 집으로 데려올 것이니 아무 걱정이 없다.

마음을 추스르고 집을 나섰다. 어느새 초록이 짙어지고 있다.

"21번 국도를 통과하는 경로입니다."

길을 잡는 그녀의 목소리가 경쾌하다. 지그시 페달을 밟는 내 마음도 덩달아 밝아진다.

[2020.]

훈장

1919년 기미생인 어머니 탄생 100주년이 되는 해다. 12월 9일은 어머니 100회 생신날이다. 오전에는 때마침 혁신도서관에서 동인 수필집『그녀들의 이야기』출간 문학전이 열렸다. 회원들의 자작 수필 낭독과 팬플루트, 색소폰 연주 등 많은 사람과 어울려 즐거운 시간을 보냈으니 더욱 뜻깊은 날이 되었다. 마치 어머니 생신 잔치가 된 것 같아 나 혼자 흐뭇하다.

100회 생신 선물로 공무원 퇴직하면서 받은 '녹조근정훈장'과 첫 동인 수필집『그녀들의 이야기』를 준비하여 가는 발걸음이 흔흔하다. 동짓달이지만 따사로운 햇살이 산소 주변을 노랗게 물들인 잔디에 내려앉아 포근하다. 마치 30여 년 전 어머니의 꽃상여 길을 연상케 한다.

선산의 가족 납골묘에 챙겨간 훈장과 훈장증, 부상으로 받은 손목시계, 수필집, 북어포, 백세주, 과일 등을 함께 진설했다. 부족하긴 해도 제법 생신상다운 면모를 갖추었다. 추석 성묫길에 꽂아놓은 꽃들이 아직도 원색의 빛을 유지하고 주변을 환하게 물들이고 있다. 향을 피우고 술잔을 올리고 감사의 큰절을 올리며 어머니께

부모님 숭조당에 올린 훈장

고告했다.

'어머니가 받아야 할 훈장을 못난 딸이 대신 받아 생신 선물로 바칩니다.'

사무관 임용장을 받고 산소를 찾았을 때와는 또 다른 의미로 다가온다. 공직생활 36년을 훌쩍 넘기고 퇴직하면서 받은 녹조근정훈장은 그간의 힘들었던 시간을 위로해 주기에 충분했다. 나라님이 주신 훈장은 그만큼 나에게 위로가 되었다.

훈장은 국가나 사회에 공로가 뚜렷한 사람에게 국가에서 그 공적을 표창하기 위하여 수여하는 기장이다. 예전엔 공무원을 퇴직하면 으레 받았다는 훈장을 요즘은 음주운전 한 번만 적발되어도 받지 못한다. 그만큼 엄격해져서 징계를 받은 공직자에게는 훈장을 수여하지 않는다. 나는 감사하게도 퇴직하며 녹조근정훈장과 부상으로 손목시계를 받았다.

우리나라의 훈장 제도는 국호를 대한제국으로 바꾼 뒤 1900년

칙령 제13호로 '훈장 조례'를 제정 공포하여 일곱 종류의 훈장을 수여했다고 한다. 1910년 일본에 의한 한국 병합으로 인하여 권위와 명예가 퇴색하였을 뿐만 아니라, 그 뒤 상훈 제도마저 완전히 폐지되어버렸다.

대한민국 정부가 수립되면서 조국의 독립과 건국에 공로가 있는 선열들의 공적을 기리기 위하여 1949년 처음으로 새로운 상훈제도가 창설된다. 이는 한말의 상훈제도가 폐지된 지 40년 만의 부활이다.

이후 여러 차례 상훈법이 개정되어 현재는 대한민국 국민이나 우방 국민으로서 대한민국을 위하여 뚜렷한 공적을 세운 사람에게 그 공로를 기리고자 나라에서 주는 휘장이다. 나라에서 주는 포상 가운데 으뜸가는 훈격으로 무궁화 대훈장, 건국, 국민, 무공, 근정, 보국, 수교, 산업, 새마을, 문화, 체육, 과학기술훈장 등 열두 가지로 서열이 있다.

훈장은 헌법이 규정하고 있는 바와 같이 명예 이외의 어떤 특권을 인정하지 않고 본인에 한하여 종신 패용할 수 있고, 사후에는 그 유족이 보존하되 패용하지 못한다. 훈장을 패용하는 경우는 국경일, 법령으로 정한 기념일 등 기타 공식 행사다.

대과大過 없이 36년간의 공직을 잘 마치고 나도 그 훈장을 받았다.

돌아보면 일복이 많아서 부서를 옮길 때마다 일 많은 곳만 찾아다닌다고 혼자 투덜대기도 참 많이 했다. 어쩌면 그렇게 일이 샘솟듯 솟아나는지, 다 끝났다던 일도 내가 가면 다시 부활하고 없던 일도 생긴다. 며칠씩 밤샘 작업에 피로가 누적되고, 많은 일을 소화하기 버거워 과로로 병원에 입원하기도 여러 차례다. 지나고 보니 힘들고 지친 날들을 이겨낸 것은 스스로를 부단히 훈련시키고 담금질한 결과였던 것 같다. 그 힘으로 지금도 배움의 끈을 놓지 않고 쉼 없이 달리지 싶다.

늘 모범이 되었고 가르침이 되었던 어머니의 일상을 보고 자란 나는 교과서처럼 어머니를 닮아가고 있다. 세상에서 가장 존경하는 사람이 어머니라고 입버릇처럼 말했듯, 나이가 들수록 감사한 마음이 더욱 깊어진다. 무엇이든 배웠다가 버리더라도 배워야 한다는 어머니 말씀 따라 아직도 배움의 끈을 놓지 않고 있다. 한 번도 써먹지 못하는 자격증이 수두룩하지만 그것들을 아깝게 생각하지 않고 경험도 중요하다고 자신을 다독인다.

어머니의 가르침으로 받은 훈장은 마땅히 어머니가 받아야 할 명예를 딸이 대신 받은 것이다. 평생을 꼿꼿한 성품으로 아버지 몫까지 가족을 위해 헌신하신 어머니 100회 생신날 영전에 훈장을 올릴 수 있어 기쁘기 한량없다.

'어머니 최예분 여사께 훈장을 바칩니다. 아버지와 천상의 복을 누리소서.'

[2019.]

보물찾기

벌써 30분째다. 두 손에 낀 얇은 셰프 장갑 너머 뭔가 손에 잡히기를 기대하며 쓰레기를 주무른다. 하치장 바닥에 쓰레기를 쏟아 놓고 눈으로 확인하고 손으로 하나하나 만져가며 다시 봉투에 담고 있다. 하지만 맨바닥이 보이도록 아무것도 손에 잡히지 않는다. 집에서 한 차례 지독한 냄새를 맡으며 쓰레기봉투를 뒤졌지만 오리무중이다. 손톱만 한 녀석이 대체 어디로 갔단 말인가.

오랫동안 작은 노트북 모니터에 눈높이를 맞춰 일하다 보니 거북목이 되었다. 어느 날부터인가 팔이 저릿저릿하더니 목에 협착이 왔단다. 한의원에 다니며 침으로 다스렸지만 좋아질 기미가 보이지 않는다. 원인을 제거해야 하는데 날마다 노트북 앞에 앉아 있으니 나아질 턱이 없다.

생각다 못해 하이마트에 가서 키보드를 하나 모셔왔다. 받침에 높이 올려놓은 노트북에 연결하여 눈높이를 맞추고 자세를 바로 잡아볼 요량이다. 허리를 쭉 펴고 목을 길게 곧추세우고 일한다고 생각하며 신바람 나게 노트북 앞에 키보드를 놓았다. 마우스에 건전지를 넣고 아무리 움직여도 커서와 글자들이 꿈쩍하지 않는다.

여전히 노트북 모니터는 정지된 상태로 무심하다. 충전이 되었으면 움직여야 하는데 뭣이 문제란 말인가. 아무리 살펴보아도 내 눈에는 문제가 없어 보인다. 며칠을 끙끙대다가 키보드에 노트북까지 챙겨 들고 다시 매장으로 달려갔다.

직원이 살펴보더니 USB를 달라고 한다. 마우스를 열어 보이고 나를 다시 쳐다본다. 마우스 안에 USB가 있었을 것이란다. 마우스에 건전지를 넣으면서 아무것도 못 보았는데, 꿈에도 생각해 본 적이 없는 것을 달라는 말에 잠시 멍하게 서 있었다. 맞다. 노트북과는 별도의 키보드와 마우스가 무선으로 교신하려면 연결고리가

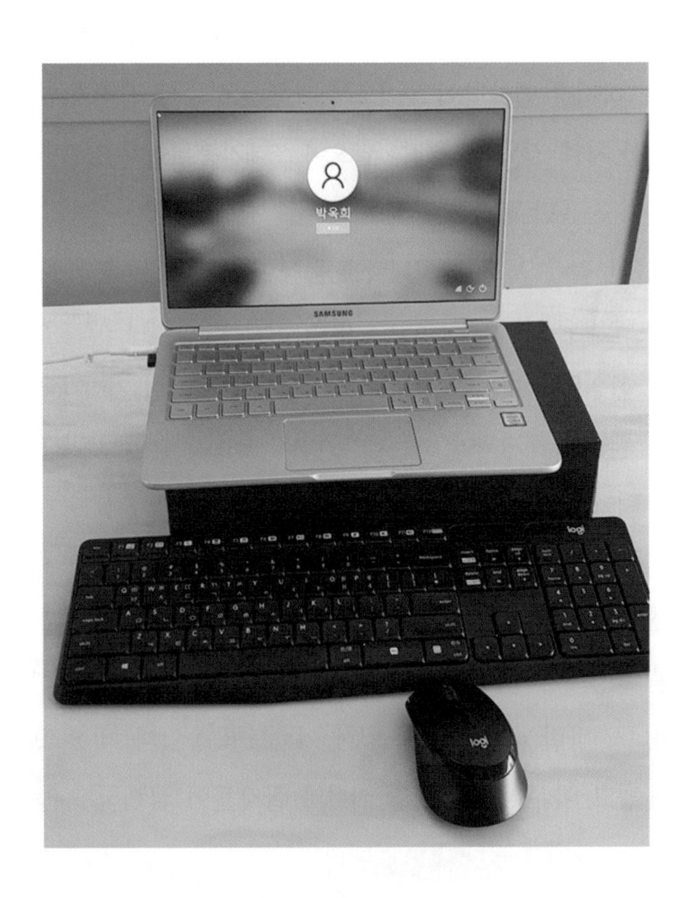

있어야 한다. 스마트폰처럼 블루투스로 자동 연결이 되는 줄 알고 무심히 지나쳤던 거다. 미처 생각을 못한 것은 인정하겠는데 나는 분명 USB를 본 적이 없다. 민망하여 집에 가서 다시 찾아보겠다고 얼버무리며 꽁무니가 빠지게 집으로 왔다.

그날부터 집안 곳곳을 뒤지고 쓰레기봉투를 옮겨가며 찾아보았지만, 녀석은 쉬 모습을 드러내지 않는다. 하는 수 없이 쓰레기봉투를 들고 쓰레기 처리장으로 가서 한바탕 씨름을 한 것이다. 오리무중이다. 이제는 포기다. 더 이상 찾아볼 곳도 없고 아깝지만 키보드를 버리는 수밖에 없다. 식탁 옆에 삐딱하게 가로누워있는 키보드 상자를 들고 다시 한번 안을 들여다보려다가 눈이 번쩍 뜨였다. 상자 뚜껑에 붙어있는 까만 것이 말똥말똥 나를 바라본다. 이거다! 자그마한 그 녀석이 반갑고 또 반갑다. 포기하려던 찰나 나타난 녀석을 보는 순간 너무나 반가워 소리를 지를 뻔했다.

"야! 너, 거기 있었으면 진작 말을 하지."

요 녀석이 뭐라고 며칠 애를 태우며 찾아 헤매었나 생각하면 기가 막힌다. USB를 꽂고 키보드를 두드려 글을 쓴다. 비로소 마음의 안정을 찾는다. 내 마음속 보물을 찾은 듯 금세 편안해진다. 한바탕 소동을 벌이고 나서야 작은 것 하나라도 소중히 여기며 살아야 한다는 것을 깨닫는다. 톡톡톡, 키보드가 맞장구를 치며 신바람을 낸다.

[2022. 4.]

파랑새 날다

“

요즘 날마다 거실에서 파랑새가 날아오른다.
오늘은 맨 위층으로 올라앉았다.
어제보다 한 층 위로 날았다. 나의 마음도 함께 난다.
우리 집 거실 숯부작 위에 앉아
날마다 나에게 파닥파닥 생기를 주는 파랑새다.
내 기분에 맞춰 움직여주는 녀석은 나의 새 친구다.

”

농다리의 봄

비가 온다는 일기예보다. 봄비에 벚꽃이 지기 전에 꼭 봐야겠다는 생각으로 갑자기 마음이 바빠졌다. 봄나들이 갈 사람? 자주 어울리는 친구들 단톡방에 메시지를 올려놓고 기다렸다. 때가 때인지라 예식장에 가는 중이라는 몇몇 친구들의 글만 올라왔다. 휴일은 꽃보다 예식장이라고 계절 좋은 주말은 예식장 나들이로 바빠지는 게 요즘 현실이다.

친구들의 무심함에 오기를 부리듯 혼자라도 나서야겠다는 생각으로 행선지를 가까운 농다리로 정했다. 농다리는 사계절 언제 가도 좋은 곳이지만 벚꽃이 만개한 봄은 더없이 좋은 경관을 자랑한다. 달랑, 물 한 병 가방에 챙겨 넣고 달리는 차 속에서 환호라도 지르고 싶었다. 집에서는 몰랐던 따사로운 봄볕이 나를 감싸 안는 이 포근함, 콧노래가 절로 난다.

그것도 잠시, 이내 콧노래가 잦아들었다. 농다리 주차장에 이르니 줄을 이은 차들이 끝도 없이 주차장 밖으로 밀려 나가듯 기어가고 있다. 마지막 주차장 끄트머리에 겨우 주차하고 밖으로 나와서야 이유를 알게 되었다. 가는 날이 장날이라고 미르숲 음악회가

농다리 주변 벚꽃

농다리 건너 미르숲 야외 음악당에서의 음악회 풍경

있는 날이란다. 가수 서문탁과 필하모니 오케스트라까지, 횡재를 만난 기쁨에 좀 전의 짜증은 모두 날아가 버렸다. 멀리 천년의 다리를 바라보니 다리 위를 건너는 인파가 구불구불 띠를 이루며 장관이다. 나도 그 행렬에 끼어 돌돌돌 얼음 녹인 물소리에 귀 기울이며 겅중겅중 다리를 건넌다. 기분이 상쾌하다.

이런 대열에 서는 것이 얼마 만인가.

겨울방학이 시작될 무렵부터 감기가 들더니 한 달여 만에 대상포진이 오고 말았다. 치료 시기를 놓친 대상포진은 심하게 나를 덮쳤고 6일간의 입원에도 끄떡도 안 했다. 2달여 통원 치료를 받고 후유증으로 침을 맞으러 다니느라 방학은 고사하고 봄까지 잃어버리고 만 것이다. 겨울방학은 1년 동안의 수고를 털고 멋지게 푹 쉬려는 마음으로 기대가 컸었다. 휴식이 되어야 할 귀한 방학은 그렇게 사라지고 병마와의 전쟁 끝에 봄을 맞이하게 되었다.

용마루 고개에는 삼삼오오 가족과 친구, 연인들이 셔터를 누르며 사람들의 미소가 벚꽃처럼 활짝 피어난다. 고개를 넘어서니 미르숲 현대모비스 야외음악당에는 벌써부터 필하모니 악단의 악기가 배열되어 있고, 일찌감치 자리를 잡고 앉아 공연이 시작되기를 기다리는 사람들도 있다. 나는 공연이 시작되기 전에 부지런히 하늘다리를 건너갔다 올 요량으로 초롱길로 접어들었다.

만수를 자랑하는 초평호 주변 산허리에는 북적이는 인파에 숨어 진달래가 발그레 낯을 붉힌다. 데크길 옆 뾰족이 내미는 참나무의 아기 손들이 연하고 곱다. 저 멀리 노란 모터보트가 잔잔한 물살을 가르며 물길을 내고 지나간다. 물속에 누웠던 하늘이 놀라 허리를 접는다. 물보라가 시원하게 가슴에 스며든다.

하늘다리를 되돌아오며 부라보콘을 혀끝으로 핥는다. 오래된 달달함이 혀끝을 녹이고 학창 시절의 낭만이 목덜미를 타고 넘는다. 오고 가는 인파를 헤치며 부지런히 도착한 미르숲 현대모비스 야외음악당은 어느새 빈자리 하나 없이 가득 찼다. 사람 반, 물 반으로 호숫가가 넘친다. 벚꽃 사이로 오케스트라의 연주와 노랫소리가 귓불을 간질이고, 해 질 녘 물빛이 눈가에 반짝인다. 봄의 끝자락을 잡고 눈과 귀가 호사를 누리는 날이다.

겨우내 묵은 체중까지 농다리에 묻어두고 오는 발길이 가볍다. 처음 나선 봄나들이에 꿈틀 생기가 오른다. 기지개를 켜고 봄처럼 다시 시작해야 할까 보다.

[수필세계 2023. 봄호]

꽃신

앞산이 봄바람을 타고 파도처럼 일렁인다. 녹색 물결이다. 창밖의 봄이 꿈틀꿈틀 나를 일으켜 세운다. 다홍빛 스니커즈를 신고 길을 나섰다. 여기저기서 꽃봉오리가 톡톡 터지며 가녀린 손짓을 한다. 봄의 화폭 속에 붓놀림이 빠르게 일고 있다.

대로변으로 나섰다. 집 앞의 도롯가에 꽃들이 찾아와 벌써부터 기다리고 있었다. 길을 따라 양쪽으로 키 작은 꽃들이 목젖이 훤히 보이도록 크게 웃고 있다. 나도 그렇게 마스크를 벗고 마주 보며 웃어보고 싶다. 가볍게 골라 신은 다홍빛 스니커즈가 오늘따라 안성맞춤이다. 꽃빛 신을 신고 걷다 보니 내 발걸음이 곧 꽃길이 되고 있음이다. 나만을 위한 꽃들의 열병식을 사열하는 기분이다.

작은 호수의 둘레길과 쉼터를 겸비한 대화공원을 지나 돌실공원으로 접어들었다. 다목적운동장, 풋살장, 인라인스케이트장 등 운동하기 좋은 시설을 갖추고 있다. 돌실공원을 휘돌아 큰길을 건너서 걷다 보면 선옥공원이다. 작은 호수를 끼고 있다. 이곳을 한 바퀴 돌아 송인공원 쪽으로 발길을 옮겼다. 진천 송씨의 시조인 송인이 잠든 묘소와 상산재를 품고 있는 송인공원에서 조금만 더 걸으

충북혁신도시 다홍빛 영산홍 꽃길

영산홍꽃빛과 꼭 닮은 스니커즈

면 작은 내가 가로질러 흐르는 강당말공원이다. 이곳을 지나 큰길을 건너면 진천상신초등학교 옆으로 자그마한 너나들이공원이 나온다. 이 공원을 이어서 작은 산으로 이루어진 원봉공원을 끼고 돌아서 나무 계단을 내려가면 큰길 건너 두레봉공원 입구가 보인다. 공원 작은 연못에는 물레방아가 돌고 정자가 고즈넉하다. 잔디가 파릇한 넓은 언덕 위에는 야외음악당이 외로움에 지쳐 졸고 있다. 코로나19 이전에는 이곳에서 공연하며 행사를 자주 했지만, 지금은 사람들을 모을 수가 없기 때문이다.

여덟 개의 공원을 잇는 도로마다 꽃길로 이어져 발길을 멈출 수가 없다. 시선을 어디에 두어도 공원이며 가는 곳마다 한껏 꽃단장을 하고 기다린다. 옛 마을 이름을 붙인 공원들이 신도시와 대비를 이루고 있어 외려 정겨워 보인다.

꽃길을 따라 한없이 걷다 보니 어느새 혁신도시의 반을 관통하고 있다. 이마에 송골송골 땀이 맺힌다. 온몸으로 봄을 만끽한 하루다. 나는 사계절 쾌적한 환경을 갖춘 조용한 이 도시가 점점 좋아지고 있다.

은퇴를 앞두고 꽃길만 걸으라는 주변 사람들의 덕담에 답이라도 하듯 나는 꽃신을 하나 샀었다. 꽃잎을 수놓듯 이어서 만든 데다 부드럽고 폭신한 착용감이 좋았다. 붉은색 꽃신을 신는다는 것은 평소 같았으면 엄두도 못 냈을 일이다. 하지만 내심 은퇴 후에는 꽃길만 걷게 해달라는 주문이라도 걸듯 꽃신에 마음이 갔다.

사람들이 나를 보고 “꽃신 신었네!” 하고 놀라워하면, “꽃길만 걸으려고요”라며 발을 번쩍 들어 보였다. 가볍게 집을 나설 때마다 즐겨 신던 꽃신은 몇 년 지나자 앞 코가 벌름거리기 시작했다. 점점 크게 벌어지며 헐떡거리는 신을 더 이상 어쩌지 못하고 영영 떠나보내고 말았다.

다시 꽃신을 찾아봤지만, 쉽게 나타나지 않았다. 대신에 나의 눈을 사로잡은 것이 바로 다홍빛 스니커즈였다. 꽃 모양은 아니지만 다홍빛이 마치 꽃처럼 고왔다. 요즘 집을 나설 때마다 자주 신고 있는데 오늘은 꽃길이어서 더 잘 어울리는 듯 기분이 좋다.

이제는 꽃신이 아니어도 꽃길만 걸을 수 있을 것 같다. 어깨를 활짝 펴고 봄의 기운을 한 아름 받아들인다. 힘이 솟는다. 내 인생의 꽃길을 향해 다시 한 번 힘차게 걸음을 내디딘다.

[2021.]

맹꽁이 축제

장마가 시작되면서 밤마다 축제다. 여름의 초엽, 한 달가량 한시적으로 열리는 축제가 올해는 긴 장마로 인해 더욱 풍성하다. 한여름 장마철에 맹꽁이들이 여는 향연이다.

우리 동네 바로 앞에는 아파트 단지로 지정된 17,000여 평의 나대지가 있다. 충북혁신도시 부지가 조성된 이래 아직도 빈 터로 남아있는 곳이다. 봄이면 망초꽃이 하얗게 피어나던 빈터에 가끔 덤프트럭이 드나들며 흙을 파내곤 했다. 우묵우묵 흙살이 파여 나간 자리는 비가 오면 늪으로 변한다. 물웅덩이가 생기면서 어느 사이 맹꽁이와 개구리의 서식지가 되어버렸다.

멸종 위기 야생동물 2급인 맹꽁이가 이곳을 어떻게 알고 찾아왔을까. 용케도 찾아와 이렇게 가까이에 살고 있다니…. 처음엔 맹꽁이 소리에 귀를 의심했다. 도심에서 쉽게 들을 수 없는 맹꽁이 울음소리를 밤마다 집에서 듣는다. 어릴 적 듣던 고향의 소리처럼 정겹다.

맹꽁이는 야행성이다. 연중 땅속에 살며 흐리거나 비가 오는 날 밤에 산란한다고 한다. 이러한 습성으로 인해 장마철이면 울음소리로 암컷을 유인한다. 수컷이 번식지에 먼저 와서 구애의 울음소리를 낸다. 5~6m 정도로 가까워지면 서로 구애하듯 울음소리를 주고받는다. 이렇게 동시에 경쟁하듯 목청을 높이는 맹꽁이의 구애는 비 오는 날 밤에만 이루어진다. 한여름이라 해도 비가 오지 않으면 맹꽁이는 울지 않는다. 혹시나 귀를 기울여 봐도 개구리 소리만 들릴 뿐이다.

맹꽁이라는 이름은 '맹꽁맹꽁' 하는 울음소리에서 유래했다고 한다. 한 마리가 우는 게 아니라, '맹'이라고 우는 녀석과 '꽁'이라고 하는 녀석의 소리가 합쳐져 그렇게 들리는 것이다. 다시 말해서 어떤 한 마리가 맹하고 울면 다른 녀석은 자신의 소리를 암컷이 구별하도록 하기 위해서 꽁으로 소리를 바꿔서 운다는 것이다.

맹꽁이는 주변에서 나는 소리에 따라 자신의 소리를 바꾼다고 한다. 실제로 맹맹맹 하고 녹음을 해서 들려주면 꽁꽁꽁으로 울음소리를 바꾼다고 한다. 만일 두 마리가 근처에서 동시에 "맹" 하고 울면 곧 싸움이 벌어진다고 한다.

1970년대 추억의 가수 박재란이 부른 맹꽁이 타령이 있다.

"장마통에 맹꽁이야 너는 왜 울어/ 음~ 안타까운 이 심사를 설레어 주나/ 맹이야, 꽁이야. 너 마저 울어"(중략)

이 가수는 일찌감치 맹꽁이가 맹과 꽁으로 운다는 것을 알고 있었나 보다.

올여름은 비가 내리는 밤마다 유난히 그 울음소리가 장관이다. 무대가 넓고 깊숙하다 보니 고층 아파트 단지의 관객을 향한 노래가 더 우렁찰 수밖에. 드넓은 무대에서 맹꽁이들이 단 두 음절로 엮어내는 하모니의 합이 딱딱 잘 맞는다. 가끔 우르릉 쾅쾅 타악기 연주와 함께 번쩍이는 조명이 어둡던 무대를 밝히기도 한다. 축제장의 분위기는 이때 최고조에 이른다. 화음을 맡은 개구리도 작지만 제 역할을 다하려는 듯 묵직한 두 음절 사이를 개굴개굴 끼어든다.

관객들은 편안하고 아늑한 안방에 누워서 들어도 된다. 귀를 기울이지 않아도 사랑의 세레나데, 그 애절한 화음이 마음속까지 파고든다. 밤마다 이런 호사가 없다. 조명도 없이 칠흑같이 어두운 무대에서 밤을 새우는 열정에 박수를 보내며 가끔 창밖을 내다보기도 한다. 어둠과 함께 펼쳐지던 맹꽁이 축제는 아침이면 막을 내린다. 적막이 흐른다. 고요 그 자체다.

빗줄기가 거세어질수록 더욱더 우렁차게 울려 퍼지던 맹꽁이 축제는 장마와 함께 끝이 난다. "오뉴월 맹꽁이도 울다가 그친다."는 말처럼 길고 긴 장마가 끝나면 맹꽁이 울음소리는 더 이상 들을 수 없다.

일부 주민들은 맹꽁이 울음소리에 시끄러워 잠을 못 잔다고 하소연한다. 하지만 여름에 맹꽁이 울음소리가 들리는 것은 지극히 자연스러운 일이다. 오히려 도심에서 쉽게 들을 수 없는, 살아있는 자연의 소리 아닌가. 종족 번식을 위한 강한 생명력, 힘찬 삶의 소리를 들을 수 있어 감사할 일이다. 할 수만 있다면 듣기만 하는 장마철 어둠의 축제에 지인들을 초대하고 싶다. 멸종 위기 야생의 소리를 함께 즐기고 싶다.

올여름은 맹꽁이로 인해 까마득히 잊고 있던, 어릴 적 고향의 소리를 들으며 푸근하게 보낼 수 있었다. 역대 최장기간이라는 길고 길었던 장마를 견뎌내는데 맹꽁이의 동행이 위안을 주었다. 그러나 이러한 일이 얼마나 지속될지.

앞으로 이 부지에 아파트가 들어서게 되면 맹꽁이들은 어디로 가야 하는가. 자연이, 자연의 소리가 점점 사라져가고 있는 것이 안타깝다. 어디가 되었든 오래도록 맹꽁이가 살아남아 자연의 소리를 지켜갈 수 있었으면 하는 바람이다.

[2020.]

다시 봄

연록의 향연, 다시 봄이다. 충북혁신도시로 둥지를 옮긴 지 꼭 1년째 되는 날이다. 아침부터 베란다 난간에 이슬처럼 빗방울이 맺히더니, 오후가 되면서 서서히 파란 하늘이 얼굴을 내민다. 이곳으로 거처를 옮긴 이유는 아파트 단지 바로 옆에 호수공원이 있고, 도서관이 가까워서였다. 나름 노후를 대비해서 결정한 터다.

이사하기 전에는 날마다 호수공원을 끼고 걸어서 도서관으로 출근을 하겠다고 마음먹었다. 그곳에서 책을 읽으며 한나절을 보내고, 남은 시간은 공원을 산책하는 한가로운 일상을 야무지게 꿈꿨다. 하지만 이사 오기 한 달 전부터 시작한 일이 조금씩 늘면서 바빠지기 시작했다. 청주에 있는 사무실로 날마다 출근하다시피 하느라 1년이 지나도록 호수공원에 꽃이 피는 것도, 단풍이 지고 눈이 쌓이는 것도 안중에 없었다.

이곳 생활 1주년을 집에서 보내며 모처럼 느긋하게 점심을 먹고 난 터다. 거실 베란다에 살짝 걸친 햇살을 바라보다 맑은 창밖 풍경에 이끌려 밖으로 나섰다. 호수공원으로 향하는 쪽문을 나서자 하얗게 핀 꽃사과나무가 봄바람에 함박웃음이다. 파릇하게 올라온 잔디 사이로 나무계단을 지나 산책로를 따라 걷기 시작했다.

호숫가에는 300여 년 꿋꿋하게 두촌 마을을 지켜온 느티나무가 연록의 스카프로 곱게 단장을 하고 있다. 하늘을 찌를 듯 높이가 20m나 되는 거목이다. 몸통만큼이나 커다란 옹이가 울룩불룩 잘 다듬어진 조각 작품처럼 그 위용 또한 늠름하다. 멀리서 바라만 보던 느티나무 아래에 이르러서야, 그동안 터줏대감에게 인사도 없이 몰래 들어와 산 것처럼 죄송한 마음에 고개가 절로 숙어진다. 혁신도시가 조성되면서 고향을 떠난 실향민들에게 느티나무는 잊힌 옛 마을의 이정표가 되어줄 것이다. 고향은 멀리 살아도 가까이 살아도 떠난 이들에겐 향수를 느끼게 한다.

보호수 아래에는 거목에 걸맞은 큰 정자가 하나 있다. 정자에 올라 보니 사람의 흔적은 없고 새들이 보금자리를 튼 듯 새똥이 희끗희끗 너저분하다. 새들만은 남아서 고향을 지키느라 기왓장 위

아파트 단지 바로 옆 대화공원 호숫가에 수령 300년 된 느티나무

를 종종걸음치며 바삐 오간다. 옛 마을 주민들은 즐겨 찾았을 정자이지만 새로 입주한 사람들은 도시인답게 바쁜 일상을 핑계로 별 관심을 두지 않고 산다.

붉은 아스콘 길을 따라 호수를 한 바퀴 돌고 내친김에 한국교육과정평가원 쪽으로 발길을 옮겼다. 대로를 따라 산책로가 연결되어 있고 자전거도로가 분리되어 한적한 시골길처럼 여유롭다. 창밖으로 바라만 보던 길을 처음으로 걸어본다. 한국교육개발원과 한국교육과정평가원 정문이 마주 보고 있는 길로 접어들었다. 멀리서도 꽤 커보였지만 가까이서 본 건물은 규모가 상당히 큰 것이 국가 공공기관답다. 유유자적 걷다 보니 '선옥공원'이라는 작은 이정표가 나타난다. 이정표 방향으로 멀리 국가공무원인재개발원이 보인다. 우리 집 창밖으로 한국교육과정평가원 너머 지붕만 살짝 보이던 건물이 가까이서 보니 육중한 몸매를 자랑한다. 깔끔하게 가꾼 선옥공원 가운데에도 큰 저류지가 있다. 인기척에 이름 모를 새가 회색의 큰 날개를 퍼득이며 하늘로 날아오른다. 봄 가뭄으로 물이 마른 저류지에는 새소리만 재잘재잘 그들의 안식처가 되어버렸나 보다.

공원에는 막 꽃봉오리를 터뜨리기 시작한 영산홍이 군데군데 화려하게 자리 잡고, 그 사이사이 작은 풀꽃들이 앙증맞다. 보랏빛의 제비꽃, 흰색의 냉이꽃, 민들레는 벌써 갓털을 터뜨리기 시작했다. 지금 막 세수를 마친 꽃과 나무들이 나를 반긴다. 봄바람이 머문 붓끝으로 완성한 수채화 한 폭, 꽃과 나무, 풀, 바람과 아지랑이 그 속에 나도 함께 서 있다.

[한국수필 2022. 2. 신인작가 특선]

행복 스케치

연일 꿉꿉한 날씨로 지쳐가던 6월이다. 덕산읍평생학습센터 밴드에 공지사항이 떴다. 덕산읍의 숨은 명소와 혁신도시의 품격을 담은 '덕산을 그리다, 어반스케치' 프로그램을 7월부터 진행한다는 것이다. 코로나19로 인해 도서관에서 진행하던 수필교실도 휴강하여 쉬고 있던 차에 반가운 소식이다.

덕산을 그리다, 어반스케치. 전화 접수 중! 마감 임박이라는 문구에 이끌려 홀린 듯 휴대폰의 숫자를 눌렀다. 그렇게 어반스케치가 무엇인지도 모르고 탈출구라도 만난 듯 수강신청을 해버렸다.

수강신청을 한 후에 인터넷에서 찾아보았다. 어반스케치는 연필로 스케치하고 펜 작업을 한 후에 수채화 물감으로 가볍게 채색하는 담채화를 말한다. 전문 화가가 아닌 일반인도 조금만 배우면 얼마든지 그릴 수 있다. 길이나 카페에서 혹은 여행지의 벤치, 어디서든 스케치북을 펼쳐 빠르게 그리고 채색을 한다는 것이다.

포켓 스케치북과, 연필, 펜, 고체물감, 워터 브러시만 있으면 그림을 완성할 수 있다. 미니어처처럼 작은 도구들을 간단히 챙겨 여행지에서 쓱쓱 그림을 그린다는 상상만 해도 신나는 일이다. 오랫동안 꿈꿔왔던 일을 할 수 있다고 생각하니 마음이 설렌다.

내가 처음 그림을 그린 기억은 50년도 더 이전으로 거슬러 올라간다. 초등학교에 막 입학한 어느 날이다. 선생님은 미술 시간에 물고기를 그리라고 했다. 연필로 물고기를 그리고 비늘까지 그렸으나 마음에 들지 않았다. 미술 시간이라 크레용을 준비해 갔는데 여러 가지 색을 칠해보고 싶었다. 손이 가는 대로 비늘의 결을 따라 알록달록 무지개색으로 그려보았다.

내 그림을 보고 선생님은 잘 그렸다며 칭찬하셨다. 집에 돌아와 그림을 보여주며 언니에게 자랑했다. 당시 3학년이던 언니는 물고기가 그런 색이 어디 있느냐고 핀잔을 주었다. 마을 앞개울에서 미꾸라지, 송사리, 피라미 등 민물고기만 보고 자란 언니로서는 이해할 수가 없었던 모양이다. 나도 그런 물고기는 본 적이 없지만 그림은 예쁘게 그려야 할 것 같았다. 선생님께 칭찬을 듣고 좋았던 기분은 사라지고 나의 상상력은 거기서 멈췄다.

그 이후로 학교에서 미술 시간에 그림을 여러 번 그렸을 테지만 특별히 기억되는 것은 없다. 하지만 막연히 배우고 싶다는 생각은 늘 가지고 있었다. 이제는 은퇴를 하여 시간의 여유가 많은 백조가 되었으니 어반스케치를 통해 그림의 세계로 들어가 본다.

스케치에는 2B 연필이 적당하고, 연필심은 길고 뾰족하게 깎아서 그려야 한다고 한다. 처음으로 그림 공부를 하는 나로서는 연필 잡는 것부터 일일이 물어보며 재미를 붙였다. 이렇게 하여 덕산읍의 숨은 명소와 혁신도시의 풍경을 담는 어반스케치 16차시 공부가 시작되었다.

혁신도시도서관을 그린 첫번째 그림

길상사 계단에 앉아 그림 그리는 내 모습

혁신도시도서관을 그린 두번째 그림

혁신도시도서관을 그린 세번째 그림

연필로 스케치가 끝나면 다시 펜으로 선을 그려 완성한다. 펜 작업까지 어렵사리 그리고 나면 채색을 해야 하는데 채색은 정말 자신이 없다. 처음 물감으로 색칠을 할 때는 조심하다 보니 덧칠을 하게 되어 색이 탁해졌다. 마음과 달리 엉망이 된다. 하지만 소묘, 정물, 개체 및 인물 묘사, 채색 등 기초적인 드로잉 기법을 배우는 재미가 있다

기초가 끝나고 덕산의 명소를 그리기로 했다. 그림마다 각자의 감성과 개성이 뿜어져 나온다. 덕산성당, 두레봉공원, 꿀샘 등 명소들이 하나둘 그림으로 재탄생되었다.

우리 동네 가까이에 있는 혁신도시도서관을 스케치하고 하단에 붉은색으로 칠을 했다. 밝지만 너무 가벼워 보인다. 평소 어둡다고 생각했던 건물을 밝게 표현해 보았는데 실패다. 다시 보라색으로 바꿔봤다. 뭔가 어색한 느낌이다. 이번에도 실패다. 할 수 없이 원래 색과 가까운 버건디 색으로 만들어봤다. 만족한 건 아니지만 조금은 안정되어 보인다.

동아리 회원들에게 사진을 찍어 보여주고 어느 것이 좋은지 물었다. 세 번째 그림까지 보여주자 의견이 속속 답글로 올라온다. 어느 회원이 집을 세 채나 지었다며 대단하다고 한다. 색을 바꿀 때마다 새롭게 탄생하는 것이 바로 그림만의 매력이다. 이렇게 사물의 아름다움을 마음대로 표현할 수 있는 세계에 푹 빠져든다. 그림을 그리며 사물을 아름답게 바라볼 수 있는 눈을 떴다. 그대로도 좋지만 더 아름답게 표현하고 싶은 마음에 자세히 들여다보고 관찰하게 된다. 계절의 변화도 먼저 느낄 수 있다. 봄이면 봄이라서

좋고 가을이면 가을이라서 좋다.

꿀샘의 봄, 송인공원의 여름, 두레봉공원의 가을을 그리며 지역의 명소들과 눈맞춤을 한다. 길 위의 표정을 스케치로 남기는 것은 나의 여정을 더 풍부하게 채워주며 모든 것을 유연하게 바꾸었다.

가볍게 시작한 어반스케치가 어느새 나의 삶을 위로하고 설레게 한다. 희망적인 에너지로 자주 가는 카페, 매일 걷는 집 앞 거리, 눈앞에 있는 순간의 느낌까지 남다르게 느끼게 한다.

내 인생을 그림으로 표현하면 어떤 색일까.

[2021.]

봄이 보약이다

휴일 아침 "뭐해 뭐해" 휴대폰이 말을 걸어온다.

반가움에 얼른 열어보니 하얀 눈 속에서 복수초 두 송이가 노랗게 웃고 있다. 친구가 보낸 봄 선물이다.

"봄 배달 왔는데 어디에 둘까요?"

손가락으로 복수초를 터치하니 익숙한 유행가 가사가 리듬을 타고 귀를 간지럽힌다. 김상진의 '고향이 좋아'라는 노래다.

> "타향도 정이 들면 정이 들면 고향이라고/ 그 누가 말했던가 말을 했던가/ 바보처럼 바보처럼…." (중략)

언제 들어도 고향 생각에 젖어들게 하는 노래에 미소가 절로 나온다. 50여 년 전 우리 친구들이 처음 만났던 시절에 나온 노래여서 더 정겹다. 아침에 처음 듣는 노래를 온종일 흥얼거리게 되는데 오늘은 이 노래가 당첨이다. 마음은 벌써 고향으로 달려간다.

그 친구는 일요일마다 단톡방에 소식을 전한다. 좋은 글과 함께 노래를 실어 친구들을 집합시킨다. 코로나19로 만나지 못하는 친구들을 단톡방으로 불러내어 소통하려는 친구의 노력이 숨어있다. 이 방은 이렇게 우리의 우정을 돈독하게 하는 윤활유가 된 지 오래다.

복수초는 이른 봄, 자체에서 나오는 열기로 주변의 눈을 녹여버리고 꽃을 피운다고 한다. 복수초를 눈 속에서 피어나는 꽃으로 생각하게 하는 이유다. 3월, 24절기 중 입춘, 우수, 경칩이 지났으니 벌써 봄이 왔으련만 문밖에 와 있는 줄도 모르고 두문불출이었다. 택배가 왔다는 문자를 보고 현관문을 열 듯, 오늘은 '봄 배달'이라는 메시지를 보고 문을 연다. 밖으로 나가 봄을 활짝 맞이해야겠다.

오랜만에 1층 출입문 밖으로 나서자 제법 훈풍이다. 개미굴처럼 지하 주차장으로 드나들었으니 가까이에 봄이 온 줄도 모르고 지냈던 거다. 몇 걸음 나서기도 전에 꽃이 보인다. 아파트 바로 앞에 매화꽃이 흐드러지게 피어 하얗게 꽃잎을 흩날리고 있다. 옆에는 노란 산수유꽃이 수줍게 웃는다. 하마터면 놓칠 뻔한 일 아닌가. 기다려준 꽃들에게 다가가 얼른 휴대폰에 담아본다.

아파트 옆의 대화공원으로 향했다. 쪽문 밖으로 나가는 길에 깔아놓은 야자매트가 푹신하다. 겨우내 얼었던 땅이 꽃소식에 녹았나 보다. 호수에 늘어진 물버들도 함씬 물을 퍼 올려 파릇하게 꽃눈을 틔웠다. 호수 한가운데에서 "꿩꿩" 꿩이 제 존재를 알리고 있다. 아마도 생명을 잉태할 모양이다. 생명이 꿈틀거리는 호수를 한 바퀴 돌아서 큰길 건너 선옥공원으로 들어섰다.

선옥공원은 언제나 조용하다. 한국교육개발원과 국가공무원인재개발원이 마주 보고 있는 사이에 위치해 있다 보니 인적이 드물다. 길가에 작은 꽃들이 수줍은 미소로 봄볕을 맞이하고 있다. 작은 풀들이 찬바람을 이겨내고 따뜻한 햇살을 품어 먼저 꽃을 피워낸다. 반갑고 안쓰럽다.

내 등에도 햇볕이 내린다. 따뜻하다. 얼마 만에 맛보는 봄볕인가. 오랜만에 봄을 담뿍 안고 돌아오니 생기가 돈다. 가슴 한가득 봄을 들여놓은 오늘은 택배 물품을 받은 것보다 기쁨이 몇 배나 더 크다. 보약을 먹은 것처럼 힘이 솟는다.

봄이 보약이다. 오랜 친구가 보약이다.

[2021.]

터무니

터무니가 없다. 10여 년 전 충북혁신도시 부지가 조성되면서 우리 동네를 비롯해 7개 마을이 터무니없이 사라진 것이다.

'터무니'는 터를 지은 자취라는 뜻이다. 따라서 '터무니없다'라는 말은 원래 터를 잡은 자취가 없다는 것이다. 이치나 도리에 맞지 않는다는 말로도 쓰인다. 아무 근거도 없이 남을 비방할 때, 아무 잘못도 없는데 욕을 먹을 때, 무엇을 해 달라고 막무가내로 떼를 쓸 때 흔히 터무니없다는 말을 쓰기도 한다. 우리 동네는 혁신도시를 조성한다는 것이 이유였다.

충북혁신도시는 진천군 덕산읍의 선옥신, 상대, 남천, 대화, 하석 마을과, 음성군 맹동면의 두성1리와 두성2리 등 일곱 개의 옛 마을 흔적을 지우고 새롭게 탄생했다. 전체 면적 약 6.9㎢의 터무니가 사라진 것이다.

선옥신마을은 충북혁신도시 편입 부지 중 가장 남쪽에 위치하고 있다. 옛 옥동초등학교에서 두촌 삼거리로 이어지는 포장도로를 따라 북쪽으로 올라가면 오른쪽에 '상산재' 표지석이 나온다. 마을회관 앞에는 이 지역의 옛 명칭인 '두레지'의 유래비가 서 있고, 당시 모두 열아홉 가구였다. 몇몇 슬래브 지붕 주택을 제외하고 대부분 슬레이트 또는 양철지붕에 토담으로 지어진 집들이였다.

상대마을은 선옥신과 남천마을 사이에 자리 잡고 있다. 포장된 도로를 기준으로 좌측에 강당말, 우측에 차돌배기로 나뉘어 있었다.

남천마을은 두촌리에서 가장 북쪽에 위치하고 입구에 돌로 만든 마을 표지석이 웅장하게 서 있다. 밖에서 보면 몇 채 되어 보이지 않지만 안으로 들어가면 주변 마을에 비해 결코 작지 않다. 앞구레, 쪽샘골, 바깥말의 세 개 지역으로 이루어져 있었다.

대화마을은 양지말, 음담말, 바리미골의 세 개 지역으로 나뉘어 있다. 선옥신마을 앞의 삼거리에서 왼쪽의 덕산읍 방향으로 포장도로를 따라 언덕을 하나 넘으면 마을을 알리는 표지가 나온다. 여기에서 왼쪽으로 꺾어 들어가면 양지말이다. 야산 밑에 13가구가 모여 살았다.

하석마을은 양지말에서 옥동초등학교 쪽으로 내려가다 보면 오른쪽에 자리 잡고 있다. 동네에 돌맥이 흐른다 하여 돌실이라 불렸다. 덕산읍과 장암마을로 연결되는 도로를 기준으로 안쪽의 열 한 가구만이 이번 충북혁신도시에 포함되었다.

음성군 맹동면의 두성1리는 윗맹골과 새터로 나뉘어 있다. 두촌삼거리에서 통동 쪽으로 가다 보면 왼쪽으로 좁은 길을 따라 약 300m를 가면 두성1리와 만나게 된다. 새터는 공장들이 밀집해 있는 지역으로 주민은 3가구만 거주하고, 윗맹골은 28가구가 모여 살았다.

* 저자의 어반스케치, 진천군 덕산읍 혁신도시 출장소

두성2리는 안골에 8가구, 감나무골에 4가구, 웃말 14가구, 뒷말 6가구 등 모두 35가구에 120여 명 정도가 살고 있었다.

구불구불 마을 안길을 따라 흙냄새 물씬했던 이곳은 2005년 충북혁신도시 입지로 선정되었다. 신도시는 남서쪽에서 동북쪽을 향하여 볍씨 모양을 하고 있다. 전체 둘레 길이는 11km로 여의도 면적의 약 82% 정도다. 1만5천여 세대, 인구는 3만9천여 명 정도를 계획하여 2016년까지 추진했다. 흰색 도화지에 그림을 그리듯 구획정리를 하고 새로운 무늬를 그리기 시작한 것이다.

2013년 한국가스안전공사 이전을 시작으로 11개 공공기관이 연차적으로 입주가 완료되었다. 15곳의 대단위 아파트 단지가 조성되어 12곳이 입주를 마치고 있는 상태다. 신설학교와 도서관, 보건소, 영화관, 체육시설 등 도시 인프라도 형성되어가고 있다. 상가도 하나 둘 문을 열면서 제법 도시의 규모를 갖추어 간다. 새로운 터무니를 완성해가고 있다.

목표는 중부권 지역발전 성장 거점도시, 자연과 사람이 조화되는 친환경 치유도시, 수준 높은 미래형 도시를 이루는 것이다. 모두의 땀과 노력으로 친환경 녹색 젊은 도시가 탄생했다.

야트막한 지붕 아래 옹기종기 모여 살던 옛사람들의 정취가 묻힌 이곳은 젊은 피로 수혈을 하듯 새로운 형태로 터를 닦고 여백을 채워가고 있다. 오랜 세월 일궈냈던 조상들의 옛 마을 흔적을 기억하면서, 우리 손으로 새로 그리는 터무니가 후손에게 행복한 삶의 터전이 되기를 바란다.

[2020. 11.]

마음의 양식

어린 시절에는 구경도 할 수 없었던 그림책을 어른이 되어서 손에 들었다. 자라면서 접해보지 못했던 책이라서 낯설지만, 더 흥미롭다.

집 가까이에 도서관이 있어서 최근에는 책을 사서 볼 일이 거의 없었다. 하지만 이번에는 특별히 『프레드릭』이라는 그림책을 주문했다. 인생 6학년 후반에 접어든 나이에 동화책을 기다리며 나는 아이처럼 조바심을 냈다.

어른들만 모여 있는 상주작가 프로그램에서 동화를 다룬다고 하니 더 궁금했던 것 같다. 온라인으로 주문하고 바로 다음 날 책이 도착했다. 로켓배송이라더니 참 빠르기도 하다. 스무 장도 안 되는 아주 얇은 책이지만 표지가 단단하고 묵직하다. 바위 위에서 꽃을 들고 앉아 반쯤 감은 눈으로 생각에 잠겨 있는 들쥐 한 마리가 인상적이다.

작가 '레오 리오니'는 네덜란드에서 태어나 경제학을 공부했지만 상업 디자인 일을 하면서 화가, 사진작가, 아트 디렉터 등으로 큰 성공을 거두었다. 그는 손자들과 떠난 기차 여행에서 아이들을 위해 즉흥적으로 잡지를 찢어서 「파랑이와 노랑이」 이야기를 만들었던 것을 계기로 그림책을 쓰기 시작했다고 한다. 그는 명확한 주제에 개성적인 캐릭터를 창조하여 이야기를 전개하는 작가로 유명하다.

헛간이 가까운 돌담에 수다쟁이 들쥐 가족 다섯 마리가 살고 있다. 겨울이 다가오자 들쥐들은 나무 열매를 모으며 겨우살이 준비로 열심히 일한다. 그런데 프레드릭은 꼼짝도 하지 않고 바위에 앉아 있다. 가족들이 뭐하냐고 물으면 추운 겨울을 위해 햇살과 색깔, 이야기 등을 모으는 중이라고 한다.

첫눈이 내리고 겨울이 오자 들쥐 가족들은 돌담 틈새로 난 구멍으로 들어갔다. 처음에는 먹이가 아주 넉넉하여 행복하게 지낼 수 있었다. 그러나 겨울이 깊어지자 먹을 양식이 다 떨어지고 돌담 사이로 찬바람이 스며들었다. 그때 프레드릭이 모으고 있다는 양식이 생각났다.

프레드릭은 눈을 동그랗게 뜨고 진지하게 설명을 하고 가족들은 두 눈을 꼭 감고 이야기에 집중한다. 프레드릭이 커다란 돌 위에 올라서서 찬란한 햇살 이야기를 하자 주위가 금빛으로 물들며 들쥐들은 몸이 점점 따뜻해지는 것을 느낀다. 파란 덩굴 꽃과 노란 밀짚 속의 붉은 양귀비꽃, 초록빛 딸기 덤불 이야기를 들려주자 가족들의 마음속에 색깔들이 희망처럼 그려진다. 이렇게 들쥐 가족들은 꿈을 꾸는 듯 이야기에 흠뻑 빠져든다.

손자들을 위해 직접 그림책을 쓰기 시작한 작가는 아이들에게 맘껏 꿈을 꿀 수 있는 이야기를 들려주고 싶었을 게다. 그는 아이들만 꿈을 꾸는 것이 아니라 어른들도 꿈이 있어야 한다는 메시지를 던진다.

돌아보니 나는 직장을 은퇴할 때까지 먹고 사는 것에 매달려 사느라 바빴던 것 같다. 주변을 돌아볼 새도 없이 달렸던 날들은 늘 갈증에 허덕였다. 지금은 글을 쓰고 그림도 그리고, 꿈으로만 간직했던 다양한 것들을 배우며 여유를 즐긴다. 행복하다. 등 따시고 배부르게 하는 물질적인 양식 못지않게 마음의 양식이 더 사람을 행복하게 할 수 있다는 것을 새삼 깨닫는다.

이 책의 주인공인 프레드릭은 일찍이 그것을 깨달았나 보다. 양식도 다 떨어지고 추운 겨울, 들쥐 가족은 시인 프레드릭이, 봄 여름 내 모은 마음의 양식으로 따뜻하게 겨울을 난다.

바위 위에 우뚝 올라서서 수줍게 인사를 하는 시인을 본다. 그가 했던 것처럼 나도 두 눈을 감고 생각에 잠겨본다. 들쥐 시인 프레드릭처럼 누군가에게 한줄기 따뜻한 양식이 될 수 있을까.

[2021.]

파랑새 날다

요즘 날마다 거실에서 파랑새가 날아오른다. 오늘은 맨 위층으로 올라앉았다. 어제보다 한 층 위로 날았다. 나의 마음도 함께 난다. 우리 집 거실 숯부작 위에 앉아 날마다 나에게 파닥파닥 생기를 주는 파랑새다. 내 기분에 맞춰 움직여주는 녀석은 나의 새 친구다.

일곱빛깔수필문학회에서 물안뜰체험관으로 숯부작 체험학습을 다녀왔다. 숯부작은 난蘭 따위의 화초를 숯에 붙여 자라도록 만든 관상용 장식품을 말한다. 숯은 새집증후군에 좋다 하여 이사를 하거나 승진 등 경사가 있을 때 선물하기 딱 좋다. 선물은 해 봤지만 우리 집에 들여놓아 본 적은 없다. 더구나 내 손으로 직접 만들어본다는 것은 꿈에도 생각하지 못했다.

평소 좋아하던 숯으로 작품을 만드는 체험학습이어서 더욱 설레는 마음으로 서둘러 집을 나섰다. 체험관은 충북혁신도시에서 그리 멀지 않은 곳에 위치해 있다. 그런데도 여러 가지 체험을 할 수 있다는 사실을 이번에 처음 알았다. 진천에 있는 백곡저수지 주변 11개 마을이 공동으로 자체 운영하는 체험관이다. 전국에서 참숯

물안뜰체험관에서 직접 만든 숯부작 위 파랑새

생산량이 가장 많아 진천의 자랑이기도 하다. 이곳에는 건강체험관과 숯테마관 등 다양한 체험시설과 편의시설을 갖추고 있다. 해마다 '참숯마실축제'도 열리는데 벌써 5회째 진행되었다.

작품을 만들기 전에 먼저 참숯전시관을 둘러보기로 했다. 2층으로 올라가면 숯에 대한 다양한 자료들이 있어서 더 가까워질 수 있는 시간이었다. 숯의 탄생에서부터 이야기가 시작되는데 약 6천 년 전부터 숯을 사용했다고 하니 생각보다 역사가 오래되었다. 우리나라는 신라 시대에 숯불로 밥을 지었고, 차를 끓여 먹었다는 기록이 있다. '신선한 힘'이라는 의미를 가진 숯은 순수 우리말이다.

아래층의 전시관으로 들어가면 진천에서 생산되고 있는 다양한 숯 관련 제품들을 만날 수 있다. 제품별로 생산지를 자세하게 설명해 놓아서 믿을 수 있고, 완제품을 직접 구매할 수도 있다.

숯으로 만든 제품에는 백탄, 흑탄, 숯가루, 약용 목초액이 있고, 원적외선과 음이온 효과가 있는 숯가마 찜질도 있다. 옛날에는 열을 내는 정도로만 쓰였는데 요즘은 다양한 인테리어 작품들로 활용되고 있다. 사계절 멋진 작품과 함께 습도 조절, 잡냄새 제거, 살균 등 다양한 기능을 하는 숯은 늘 우리 가까이에 두어도 좋을 것 같다.

전시관 옆 건강 체험관에는 온돌 찜질방과 숯 찜질방이 있어서 가족 단위나 단체들이 편히 쉬면서 숯을 체험할 수 있다. 2층에서 숙박도 가능하다. 밖에서 본 물안뜰체험관은 그 모습이 특이하다 싶었는데 가까이 가 보니 '제1회 아름다운 건축물 생거진천 건축상' 동상을 받은 건축물이었다.

물안뜰체험관에서는 숯부작, 버닝화, 쑥개떡 등 다양한 체험을 할 수 있다. 우리는 숯부작 체험을 하기로 했다. 재료가 준비된 테이블 주변으로 회원들이 둘러섰다. 선생님의 지시에 따라 면장갑을 끼고 빈 화분에 준비된 재료로 입체형 그림을 그리기 시작했다. 흑탄과 백탄을 기준점처럼 세우고 꽃과 풀로 장식 한 후 공간을 하얀 자갈돌로 채워 놓으면 되는 작업이다. 별로 어려울 것도 없고 간단한 작업인 것 같지만 예쁘게 하려니 마음처럼 잘되지 않아 시간이 걸린다. 마지막 화룡점정으로 새를 한 마리 붙여놓으면 끝이다. 그런데 작고 앙증맞은 새를 어디에 붙일까 고민하던 끝에 그냥 올려 두기로 했다. 모형이지만 작은 새를 한 곳에 붙박이로 놓는다면

새에게서 자유를 빼앗는 것만 같았기 때문이다.

작은 새는 파란색의 깃털에 함초롬한 꼬리를 가졌다. 집으로 들여온 날부터 '파랑새'라고 이름을 붙였다. 뾰족한 부리가 있는 머리를 옆으로 갸웃이 돌린 다정한 몸짓이다. 나와 마주칠 때마다 작고 까만 눈망울로 무언가 이야기를 할 것만 같다. 이렇게 앙증맞은 새를 한 곳에 붙여놓았다면 어쩔 뻔했나. 직접 날지는 못하지만 자리를 옮겨놓고 보면 고개를 갸우뚱하며 푸드덕 날아오를 기세다.

어느 작가는 새들은 자기 이름을 부르며 운다고 했다. 하지만 우리 집의 파랑새는 아침이면 파랑파랑 노래를 할 것이다.

코로나19로 마음의 문까지 닫아걸고 살았던 답답함이 파랑새의 날갯짓으로 저 멀리 날아가 버린다. 신선한 힘, 숲의 기운이 스며든다.

[2020.]

박옥희 작가의 삶과 작품 세계

작품 속에 묻어난 올곧은 작가 의식

김윤희

수필가

사람은 누구나 뚜렷한 자기만의 길이 있다. 그 길을 걷다 보면 몇 번의 변곡점을 만나게 된다. 갈림길에서 잠시 아득해지는 경우도 있지만 누구를 만나 어떻게 방향을 잡아가느냐에 따라 인생 행보가 달라질 수 있다. 역시 자신이 선택할 문제이다.

이번에 첫 수필집 『내 이름 아시죠』를 출간하는 작가 박옥희의 삶을 들여다본다. 오랫동안 꿈꿔왔던 문학의 길, 공무원 은퇴를 하고 시작한 수필 쓰기는 분명 그의 인생에 또 다른 터닝포인트가 되고 있음을 느낀다.

수필은 체험과 성찰의 문학이다. 작가 자신의 삶이요. 얼굴이다. 진정한 사람살이의 의미를 깨달아가는 과정이다. 글집을 엮는 동안 마음속에 쟁여 있던 것들을 풀어내면서 작가는 비로소 자신을 돌아다보게 된다. 30년 이상 직장 생활을 하면서 앞만 보고 치열하게 사느라 놓치고 있던 것들을 잡을 수 있는 눈이 열렸다. 아쉽고 서운했던 일들과 진정 화해를 할 수 있어 마음이 가벼워짐을 느낀다고 했다. 작품은 곧 작가의 의식 세계이다.

수필집 『내 이름 아시죠』는 가족의 지난 세월을 되짚어가며 가슴에 묻어 두었던 이야기를 제1부로 시작하여 코로나 시대와 더불어 격변하는 사회 현상, 여행을 통해 느낀 잔잔한 감동, 자연 속에서 마음의 양식을 얻어가는 과정과 일상에서 시나브로 자신을 성장시킨 이야기 등 모두 5부로 구성하고 있다.

그랬다. 박옥희 작가의 작품집에는 그녀의 삶이 고스란히 녹아 있다. 성실하고 책임감 있는 공무원으로서 걸어온 길이 보인다. 사회의 변화와 주변에 대한 성찰이 묻어난다. 특히 그의 삶 속에는 가족이 깊숙이 의식 세계를 지배하고 있었다. 아버지의 부재가, 가족을 위해 희생해 온 어머니의 치열한 삶이 융숭 깊게 자리하고, 정신세계의 근간을 이루고 있다. 결혼하지 않고 혼자의 삶을 살면서 올바르게 살기 위해 무던히 자신을 갈고 다듬어가는 과정이 눈물겹게 읽혀 애틋한 마음이 가슴 저리게 와 닿는다.

1. 가족사를 통해 본 작가의 의식 세계

나에게 생전의 아버지 얼굴은 없다. 아버지와 첫 만남은 사진 속이다. 목소리도 기억에 없다. 잊히지 않고 어렴풋이 떠오르는 모습이 있기는 하다. 아파서 안방 아랫목에 누워 계시던 모습과 윗목에 놓여있던 커다란 놋요강이 전부다. (중략)

고향 집 대청마루 찬장 위에는 늘 거무스름하고 낡은 트렁크가 하나 있었다. 아버지의 부재에도 꿋꿋이 집을 지켜왔다. 언제부터 그곳에 있었는지 알 수는 없지만 늘 우리를 지켜주는 아버지 같다는 생각을 하며 자랐다.

- <아버지의 언어> 중에서

고향 집 대청마루 찬장 위에 낡은 트렁크 하나, 그 속에 표지가 바스러져 가는 까맣고 두툼한 사진첩, 그것이 나이 서른아홉에 7남매와 젊은 아내, 노모를 남기고 먼 길 떠나신 아버지의 실체였다.

당시 세 돌짜리였던 작가는 아버지가 없다는 것이 무엇인지도 모르고 조금도 이상하지 않은, 처음부터 없었던 허상 같은 존재였다. 그러나 집을 개축하면서 버려진 트렁크로 인해 비로소 아버지를 여읜 슬픔을 느낀다.

30년 전 어머니가 돌아가시면서 영정사진을 만들 때 사진첩 속의 아버지 사진을 꺼내 같이 영정을 만들면서 아버지가 다시 살아난다. 반백에 쪽 찐 머리의 어머니와 청년의 아버지를 마주하며 늘 원망의 대상이었던 아버지가 사무친 그리움으로 다가온다. 진정 마음으로부터의 화해다.

어머니는 남편의 부재를 슬퍼할 겨를도 없이 청상으로 가장이 되어 살아왔다. 두 살배기 막내, 그 위로 칠 남매를 두고 시어머니를 모시는 가장이 된 것이다. 서른아홉에 먼저 가신 아버지의 빈자리는 어머니에게 큰 짐으로 다가왔다. 자식들 건사, 시어머니 봉양, 가업으로 물려받은 농사일까지 모두가 하루아침에 어머니의 몫이 되었다.

아버지는 애당초 농사와는 거리가 멀었다. 당시 서울인 경성에서 '경성전기학교'를 졸업했고, 결혼 후에도 사랑방에 한문 독선생을 모시고 공부를 하셨던 선비였다고 한다. 늘 그랬듯 어머니는 모든 일을 도맡았지만, 아버지가 계셨을 때와는 그 짐의 무게가 달랐으리라

-<어머니의 꽃상여> 중에서

엄마는 사계절이 무색하도록 텃밭에서 일을 하셨다. 엄마의 일은

기도 그 자체다. 봄과 여름, 가을과 겨울의 기도가 다르지 않았다. 텃밭에 엎드려 있는 엄마의 굽은 어깨에는 어린 7남매가 배곯지 않고 무탈하기를 비는 기도문이 무겁게 얹혀 있었다.

엄마의 기도를 먹고 자란 덕에 나는 힘든 일이 생길 때마다 '엄마는 이보다 더한 것도 참아냈는데' 스스로를 위로하면 다시 힘이 솟았다.

-<엄마의 기도> 중에서

엄마가 가장 아끼고 사랑하던 텃밭은 그저 푸성귀를 기르던 단순한 일터가 아니다. 철 따라 열무, 상추, 푸성귀 씨 뿌리고, 오이, 호박 넝쿨 잘 오르도록 지지대를 세우며 텃밭을 가꾸는 행위는 곧 자식을 올곧게 키워가는 또 다른 표현이며, 가족을 위한 정성이다. 새벽부터 흰 적삼이 흠뻑 젖도록 호미질하는 그 마음은 올망졸망한 7남매의 터를 닦는 기도였다. 어려운 시절 우리네 부모들의 모습과 크게 다르지 않지만, 작가에게는 아버지의 역할까지 청상의 어머니가 혼자 짊어진 삶의 무게가 고스란히 느껴졌으리라.

'촌부자, 일부자'라 했다. 살아생전에도 집안일, 농사일은 뒷전이었던 아버지, 그도 모자라 모든 짐을 어머니에게 떠안기고 홀연히 저세상으로 가신 아버지는 엄마를, 온 가족을 힘들게 한 대상이었다. 아버지 때문에 어머니가 힘든 삶을 사셨다는 생각이 작가에게 남성에 대한 부정적인 이미지로 각인되었는지도 모른다. 불뚝불뚝이는 남성 위주 사회에 대한 반발이 자신만의 확고한 인생관을 지켜간 힘이 되지 않았을까.

'뭐 하나 부족할 것 같지 않은 사람이 왜 혼자 살까' 의심의 눈초리를 숱하게 받았을 터이다. 그의 작품집을 보면 행간에 녹아 있는 의식 세계를 능히 짐작할 수 있다. 남모르게 스스로 감당해야 했던 부분을 얼마나 힘겹게 이겨내며 오늘을 이루고 있는지 애잔하다.

한편 어머니의 삶은 성실하고 책임감 있게 살아가는 작가의 삶으로 이어진다. 작가 역시 한시도 허투루 산 적이 없다. 퇴직 후 수많은 자격증을 따며 열심히 살아가는 것이 일상이 된 이유다. 이제 모든 걸 내려놓고 여유롭게 살자 하면서도 그는 여전히 끊임없이 배우고 노력을 게을리하지 않는다. 몸에 밴 습관이다.

"이거 너 가져"

이모님이 갑자기 아끼던 무명실꾸러미를 내 손에 쥐여주신다.

"이렇게 귀한 걸 내게 주실래요?"

따스한 손길이 이모님의 손끝에서 나에게로 전해져온다. 이모님에게도 이렇게 외할머니의 손길이 전해져 왔을 게다. 내 어머니의 어머니, 외할머니의 체온이 이모님의 손끝을 통해 내게 와 닿는다.

이모님은 당신 어머니와의 마지막 연결고리였던, 하나밖에 없는 무명실꾸러미를 나에게 내어주신 것이다. 모든 것을 내려놓으시듯 내 손에 쥐어주신 무명실꾸러미를 내 어머니의 유품인 듯 품에 안으며 나는 와락 눈물이 솟구쳤다.

-<무명실 꾸러미> 중에서

작가는 천상 여성의 성품을 지녔다. 하나밖에 남지 않은 무명실꾸러미를 통해 외할머니의 마음이 이모를 통해 전달된다. 어머니의 유품인양 받아 안으며 작가는 모녀 3대의 대물림을 느낀다. 이들의 삶을 통해 면면히 녹아 있는 여인들의 한과 기원을 담아내며, 지난 세대의 우리 사회 여성이 걸어야 했던 길을 조명하고 있다. 작가가 가장 존경하는 사람은 그의 어머니이다. 그늘 속에 가려 있는 희생적인 여인들의 삶이 이 사회를 이끌어온 한 축으로서 당당함을 함유하고 있다.

2. 사회와 자연을 바라보는 작가적 시선

새로운 인류가 등장했다. '포노 사피엔스'다. 포노 사피엔스는 스마트폰을 말하는 포노와 호모 사피엔스의 합성어로, 스마트폰을 신체의 일부처럼 사용하는 새로운 세대를 뜻한다. 그래서 포노 사피엔스를 스마트폰이 낳은 신인류라고 한다. 인간의 내장기관 전체를 통틀어 오장육부라고 하면, 이들은 오장칠부를 가지고 있다고 한다. 신인류는 스마트폰이라는 장기를 하나 더 가지고 다닌다는 것이다.

-<포노 사피엔스> 중에서

어느 틈엔가 일상에서 떼려야 뗄 수 없는 존재가 등장했다. 스마트폰이다. 스마트폰은 전화의 기능으로 시작하여 메모지, 저장창고, 은행의 역할은 물론, 음악, 영화 등 문화생활을 영위할 수 있는 주요 매체로 우리 일상의 한 분야로 자리매김했다. 스마트폰이 없으면 현대 생활에 발맞춰 갈 수 없는 상황이다.

문명의 이기는 인간의 편리에서 비롯되었지만, 이에 의존하다 보면 뇌가 퇴화하는 등 자칫 기계에 지배당할 수도 있다는 우려를 낳고 있다. 작가는 기계화에 의해 인간미가 없어질까 걱정하는 한편, 시대에 맞게 적극 활용해 나가야 함도 아우르고 있다.

설날 오후, 오랜만에 마스크를 벗고 온 가족이 모였다. 세배를 하기 위해서다. 어른들은 쑥스러운 듯 카메라 앞에 점잖게 앉아있고 아이들은 시끌벅적 그 어느 때보다 역동적이다.

평소 같았으면 오빠네 집에 모두 모여서 세배를 드리고 덕담을 나누며 세뱃돈을 주고받았을 일이다. 그렇지만 올해는 코로나19로 인해 정부에서 5명 이상 집합금지 명령을 내렸다. 가족끼리도 5명 이상이 모이면 벌금을 내야 한다. 조상 대대로 내려오던 설 명절에 가까운 가족끼리도 만나지 말라는 것이다. (……)

할 수 없이 선택한 것이 온택트 세배다. '온택트'는 비대면을 뜻하는 '언택트'에 온라인을 통한 외부와의 연결(ON)을 더한 개념으로 외부활동을 이어가는 방식을 말한다. 코로나19 이후에 사회 전반에서 언택트를 넘어 온택트가 새로운 흐름으로 변하고 있다. 온라인을 통해 각종 강의와 수업을 하고, 전시회나 공연 심지어 모델하우스까지 영상으로 공개한다. 학생이나 유치원생이 있는 집은 영상수업이 보편화되어 온택트 활용이 용이하다.

-<온택트 세배> 중에서

코로나19로 인해 세시풍속까지 달라졌다. 설 명절에 각자 집에서 온택트로 세배를 하는 신풍경이 전개된다. 세뱃돈은 온라인 계좌로 넣어준다. 각종 수업, 전시회, 공연, 모델하우스까지 영상으로 전개된다. 웃으며 넘어가고 있지만, 왠지 씁쓸한 이 현상을 작가는 놓치지 않았다. 이 시대를 살아가는 우리들의 자화상이다.

그 외 '코로나 블루' '비대면 사회' 등을 통해 2019년 느닷없이 이 사회에 불어닥친 전염병과 관련하여 획기적인 변화를 가져온 사회

현상을 여러모로 짚는다. 이 변화되어가는 현상에 대해 긍정적인 면, 부정적인 면을 바로 볼 수 있는 식견이 느껴진다. 오랜 세월 공직을 수행하면서 재해, 재난 등 사회의 변화에 민감하게 대처하고 반응해온 생활 태도의 발로가 아닌가 싶다.

어린아이와 함께 온 중국인 가족, 부부로 보이는 서양인 커플, 단체 관광객들까지 외국인들은 하나같이 한복 일색이다. 이럴 줄 알았으면 한복을 입고 올 걸. 한국인이면서 나도 모르게 도심 속 낯선 이방인이 된 듯 차림새가 부끄러워진다. 드레스 코드는 이럴 때 맞추는 건데, 사전지식 없이 따라나선 것이 못내 아쉽다. 다음엔 꼭 한복을 입고 이 거리를 걸으며 양반 여인네 흉내라도 내보리라.

-<북촌 한옥마을의 이방인> 중에서

한글날, 글 모임에서 북촌 한옥마을을 여행한 이야기다. 너무 가까운 것들에 대해 우리는 귀함을 모를 때가 많다. 한글이 그렇고 우리 고유의 한옥과 한복이 그렇다. 불편한 한옥보다는 양옥을, 아파트를 선호한다. '한복' 하면 우선 불편하다는 생각이 앞서는 것이 사실이다. 도심 빌딩 속의 한옥마을, 전통과 현대가 아름답게 어우러진 북촌 한옥마을에 이르러 작가의 눈을 가장 먼저 사로잡은 것은 한복을 곱게 차려입은 외국인이다.

아차 싶은 거다. 외국인도 아름다움을 알아보고 즐기는 것을 정작 우리는 등한시했음을 느낀다. 한옥마을에서 우리 고유의 한복을 입고 골목을 누비는 이들은 우리가 아닌 이방인이다. 이들 틈에 외려 아무 생각 없이 서양의 옷을 입고 있는 자신이 이방인이 된 듯 부끄러움을 느낀다. 우리 것의 소중함에 대한 자각이 잘 드러나 있다.

한옥마을이 전통문화 예술의 거리로 부각된다는 말에 반가우면서도 남의 일인 양 한발 물러서 바라만 본 것에 대한 자책과 반성이 엿보인다. 과거 어느 한 지점에 머물러 있는 듯한 거리를 걸으면서 작가는 '내면에 잠재된 또 다른 나를 만난다'는 말을 끝으로 함께 고민해야 할 메시지를 던지고 있다.

돈암동에서 정릉동으로 넘어가는 고갯길, 일명 '아리랑고개'는 구불구불 가파르다. 차 속에서도 숨이 차다. 아리랑고개를 넘어 작은 골목길로 들어서니 마치 옛날 학교 교문 같은 입구가 나온다. 생경하다. 이어서 왼쪽 언덕 위에 아담하고 하얀 집이 보인다. 건물 곳곳에서 느껴지는 세월의 흔적들. '간송미술관'이 긴 역사의 흔적을 고스란히 입고 서 있는 것이다. 80년 넘게 소중한 우리 문화재를 지켜온 산 증인이다.

-<간송의 보물을 다시 만나다> 중에서

'보화수보-간송의 보물을 다시 만나다' 제하의 전시회를 보고 느낀 감회가 잔잔한 울림을 준다. 우리나라 최초의 근대식 사립미술관을 건립하고 한국 문화유산을 지키는데 헌신한 간송 전형필 선생의 업적을 통해 문화유산의 소중함을 일깨운다.

기와집 10채 값을 지불하고 구입한 훈민정음 해례본, 잘 때도 베개 밑에 두고, 피난 시절에서는 가슴에 품었다 한다. 문화재 지키기에 전 재산과 일생을 바친 간송 선생의 일화를 피력한 행간에서 작가의 문화재에 대한 인식을 읽을 수 있다. 실제로 시골에서 서울로 문화재 전시회를 관람하러 다닌다는 것이 녹록지는 않다. 그 자체만으로도 우리 문화를 지키는데 한몫을 하는 것이리라.

사람들이 마스크를 쓰는 일이 일상이 되다 보니 말 없는 정자까지 마스크를 썼다. 일부 몰지각한 이들을 향해 항변을 하려는 모양새다. 사람들이 코로나19와 힘겨운 싸움을 하고 있는 사이 정자는 야영객들과 힘겨운 싸움을 하고 있었던 것이다. 청정지역인 이곳은 그들이 바이러스나 다를 바 없다. 씁쓸하다.

-<식파정 가는 길> 중에서

식파정은 조선시대 이득곤이 진천군 백곡저수지가에 세운 정자로 풍류객이 음풍농월하던 지역의 유산이다. 물결도 쉬어간다는 뜻으로 마음의 물결을 잠재운다는 의미를 지녔다. 마음의 욕랑이 일 때 가끔씩 찾아 마음을 맑히기 딱 좋을 곳인데 누군가 이곳을 훼손했던 모양이다.

'시설물 인근에서 야영 및 취사 행위를 금지한다' 아름다운 정자에 떡하니 붙은 경고문이 작가의 눈살을 찌푸리게 한다. 오랫동안 외계인처럼 마스크를 쓰고 서로 경계하며 지낸 것이 따지고 보면 우리가 자연을 함부로 훼손한 대가 아닌가. 마스크를 쓰고 조용한 곳을 찾은 식파정 역시 본래의 취지를 벗어나고 있음을 안타까워하는 마음이 녹아 있다. 자연을, 문화유산을 지키자는 작가의 메시지가 식파정 물결을 탄다.

멸종 위기 야생동물 2급인 맹꽁이가 이곳을 어떻게 알고 찾아왔을까. 용케도 찾아와 이렇게 가까이에 살고 있다니…. 처음엔 맹꽁이 소리에 귀를 의심했다. 도심에서 쉽게 들을 수 없는 맹꽁이 울음소리를 밤마다 집에서 듣는다. 어릴 적 듣던 고향의 소리처럼 정겹다.

-<맹꽁이 축제> 중에서

충북혁신도시, 새로 조성된 신도시 아파트 단지에서 맹꽁이 소리를 듣는다. 작가의 아파트 인근, 아직 아파트가 들어서지 않은 17,000여 평의 나대지에서 들려오는 소리다. 신도시와 멸종위기 야생동물의 만남은 그 자체가 왠지 이질적이지만 작가에게는 축제로 인식된다. 자연이 살아있는 생명의 소리요, 정겨운 고향의 감흥을 불러오는 고마운 소리다.

칠흑같이 어두운 밤무대에서 '맹꽁' 단 두 음절로 엮어내는 사랑의 세레나데가 애절하게 가슴을 파고든다고 했다. 가끔씩 '우르릉 쾅쾅' 타악기 연주와 함께 번쩍 조명탄을 쏘아 올린다는 표현이 재치 있다. 어떤 이는 시끄러워 밤잠을 설친다고 하소연한다지만, 작가는 아늑한 방 안에 누워 즐기는 축제를 더 이상 듣지 못할까, 아니 아파트가 들어서면 맹꽁이들은 어디로 가야 하는가 걱정이 앞선다. 자연의 소리가 점점 사라져가고 있는 안타까운 심정에서 자연 사랑이 진하게 배어 나온다.

3. 나를 성장시킨 일상

경쾌한 음악에 맞춰 무대로 오른다. 관중석 가운데 레드카펫을 가로질러 성큼성큼 워킹을 한다. 박수와 환호성 소리에 어깨가 들썩이며 힘이 솟는다. 음악에 맞춰 리듬을 탄다. 즉흥적으로 춤을 추거나 손을 흔드는 이도 있다. 피날레로 박수를 치며 상쾌하게 워킹을 마쳤다. 관중과 하나가 되어 그저 즐기면 되는 거였다.

-<6호선 7번 출구> 중에서

작가는 6호선 7번 출구에서 난생처음 레드카펫을 밟는다. 20대 젊은 시절에는 꿈에도 생각하지 못했던 패션모델, 획기적인 도전이다. 몸의 균형을 잡는다는 이유를 들었지만, 분명 새로운 시도다. 얼굴과 키, 몸매, 어느 하나 자신이 있어서도 아니다. 연륜만큼 마음에 파워가 생긴 모양이라고 했다.

그랬다. 알게 모르게 우리는 이 사회의 한 귀퉁이를 떠받치며 살지 않았는가. 올바르게 이순을 넘어온 인생에 당당하지 못할 게 무어냐. 자신은 물론, 의기소침해지기 쉬운 시니어에게 희망을 주고 싶었는지도 모른다. 그는 오늘도 허리를 곧추세우고 당당히 내 인생의 길을 걷는다. 어깨 펴고, 또박또박 일자 걸음으로 보폭을 넓혀 가고 있다. 활력을 찾아 건강하게 나를 가꾸어가는 길이다.

한 글자 한 글자 깨알 같은 양식을 아낌없이 내어주던 한 생애가 속절없이 사라져간다. 하루하루 삶을 엮어 예순다섯 해를 지구상에 한 자리 차지하고 있는 나를 돌아본다. 그래도 아직은 누군가에게 소용가치가 있어 책장 한 귀퉁이라도 차지할 수 있는가 자문해 본다.

- <책장을 비우며> 중에서

나이를 먹을수록 내려놓고 비울 줄 알아야 한다. 허나 정들었던 것을 버린다는 것이 어디 쉬운 일인가. 옷장에서, 책장에서 다시 선택을 기다리며 수년간 자리만 차지하는 것이 수두룩하다. 「책장을 비우며」를 읽노라면 아까워서, 미안해서 욕심껏 끌어안고 헉헉대는 내 모습을 보는 듯하다. 혼신으로 집필한 작가를 생각하고, 책 속에 녹아 있는 귀한 말들을 생각하면 도저히 버릴 수가 없다는 것이 책이다.

작가는 고통스런 마음으로 질끈 눈을 감고 폐지 처분하면서 언젠가 이 세상에서 사라질 자신의 처지를 생각한다. 그때까지 만이라도 그저 자리만 차지하고 있는 헛것은 되지 말아야겠다. 먼지 풍기지 않도록 나를 갈고 다듬으며 곱게 자리하다 아름다운 추억으로 이름 한 자락 남기고 싶은 소망이 진솔하게 와 닿는다.

늘 모범이 되었고 가르침이 되었던 어머니의 일상을 보고 자란 나는 교과서처럼 어머니를 닮아가고 있다. 세상에서 가장 존경하는 사람이 어머니라고 입버릇처럼 말했듯, 나이가 들수록 감사한 마음이 더욱 깊어진다. 배웠다가 버리더라도 무엇이든 배워야 한다는 어머니 말씀 따라 아직도 배움의 끈을 놓지 않고 있다. 한 번도 써먹지 못하는 자격증이 수두룩하지만 그것들을 아깝게 생각하지 않고 경험도 중요하다고 자신을 다독인다.

-<훈장> 중에서

어머니의 가르침대로 반듯하게 살아왔다. 퇴직 시 받은 훈장은 마땅히 어머니가 받아야 할 명예로 공을 돌린다. 평생을 꼿꼿한 성품으로 아버지 몫까지 가족을 위해 헌신하신 어머니 100회 생신날 영전에 훈장을 올릴 수 있어 한량없이 기쁘다 한다. 삶의 지표가 된 어머니에 대한 깊은 감사가 묻어난다.

작품집을 꼼꼼히 살펴보면 박옥희 수필가의 작가적 시선은 사회 현상, 자연, 문화재 등에 대해 많은 애정을 갖고 한 번 더 생각하는 사유의 세계로 향하고 있다. 나를 돌아보며 반성하는 자세를 엿볼 수 있다. 그 중심에는 남편 없이 가정을 책임지고 치열하게 살아오신 어머니가 있다.

남에게 흉잡힐세라 자신의 행동거지를 반듯하게 가다듬으며, 성실하게 살아온 어머니의 삶이 그대로 전이된다. 올바르게 살아가는 방법을 온몸으로 보여준 어머니로 인해 작가 역시 끊임없이 노력하며 올곧게 살아가기 위해 무던히 애쓴 흔적이 역력하다. 글에서나 실제 생활에서나 원리원칙의 자세가 묻어난다. 그것이 때론 족쇄처럼 그녀를 힘들게 했을 것이란 생각이 때때로 가슴을 눌러왔다.

이제는 허점도 드러내며 허허실실 살아도 되지 않을까. 여느 아줌마들처럼 푼수도 떨고, 목젖이 훤히 보이도록 입 쩍 벌려 걸걸대도 좋으리. 그동안 속으로만 삭여온 가정사, 인생사를 털어놓은 글을 보면서 한결 누그러진 마음이 읽혀 흐뭇하다. 아쉽고 서운했던 일들과 진정 화해할 수 있어 마음이 가벼워졌다고 토로했듯이 나 또한 한결 여유로워진 모습에 박수를 보내며 첫 수필집 출간을 한껏 축하드린다.

내 이름은 아시죠